我受夠了。

張國立／著

為避免給當事人造成麻煩，本書提及的人名與地點均經過變造。

目次

前言：大恩如大仇

情緒勒索來自兩方面，施與受，兩者相互碾壓，說起來挺微妙，先提受的一方，也就是他主觀認定自己是受害人。

大學時我當了幾次家教，老實說我成績不好，不過找我為他們子女當家教的父母毫不在意我能不能幫學生考上大學，僅僅簡單，不要讓我們家壯壯壞下去就可以。

第一個學生高一，父母收入小康，兩個兒子，長子念醫學院，從小到大不需要父母操心，弟弟相差五歲，父母根據之前成功的經驗，理所當然拿他當老大一般教養，我私下稱之為「朝陽與夕陽兄弟」，明明同一顆太陽，欣賞時的心情截然不同。

例如，你會捧著冒出熱氣的咖啡等待朝陽出現，到了傍晚則改成捧著冰涼的啤酒看夕陽，而咖啡與啤酒即是截然不同的心情。

哥哥功課好、品格好，並不保證弟弟也如此，相對的，說不定弟弟恰好是家族裡叛逆那位。

第一次見到這位學生就知道無能為力，畢竟我太年輕，根本不知從何教起。十六歲的男生，個子長得比我高大，一百八十公分以上吧，見到我一直笑，眼神不定，按照我也念過高中的經驗，這是吸膠過度的樣子。

那個時代談不上毒品或藥丸，有些未成年的青少年使用強力膠，擠進塑膠袋內用力搓揉，使甲苯揮發，臉伸進袋裡猛吸，據說能形成某種如作夢般的快感，精神上暫時逃避現實。

他的母親對我說，能不能先幫他不要再吸膠？

這種問題應該找醫生，但大人顧忌甚多，怕消息傳到學校影響孩子前途，怕家族背負吸毒的罪名。

既然接下工作，我到處找師長問詢，了解吸膠會造成意識不清，影響肺部與腎臟功能，進而造成記憶力喪失。我一位高中同學每次吸膠隔天都問我他昨天做了什麼，完全想不起來。

我對學生好言相勸，舉了很多以為能振奮人心的例子，每星期陪他兩天讀章回小說、武俠小說，希望讓他不要沒事做又去吸膠。

進行三個月算有點成效，至少他不再捧塑膠袋了，但有一天我到他家，見到他一臉傻笑對我講一長串高中生愛用的黑話，我明白毀了，不能再勉強自己去誤人子弟。

最後一堂課變成他教我，他的確愛上小說，跟我說看到一本令他很爽的書，故事大意是中世紀西班牙的某位瓦倫西亞大公平日凶殘無道，死前神父要他對上帝懺悔，請求仇人的寬恕，大公用最後一口氣回答：

「神父，我沒有仇人，如果有，一定早被我殺了。」

靠，學生以幹掉所有仇人為英雄行徑，做為老師的我能不汗流浹背？

當天課後我向那位母親辭職，做媽媽的淚流滿面一再挽留我，說了很多，我終究還是辭了，不想有天被學生當成仇人。

從頭到尾我僅見過學生的父親一次，就是面試那天，他三句話裡兩句提大兒子，表示大兒子功課那麼好，不明白小兒子為何不受教，他一向一視同仁，用對大兒子的態度對待小兒子呀。

我對學生母親說，為什麼不由哥哥幫助弟弟，總比找外人的家教要強多了。母親搖頭，原來兄弟常吵架，有次弟弟拿了刀站在公寓大門前喊哥哥名字：

有種下來，XXX，今天不剁了你誓不為人。

大致想通，兄弟姐妹裡若是出了位好孩子，天天獎狀、獎杯往家裡搬，對其他人的壓力極大。父母自我安慰：我一視同仁呀，做父母的哪有不愛孩子的道理，我不偏心。

講句良心話：天下沒有不偏心的父母才是真理。

我媽對我的偏心，直到今天我姐有事沒事仍翻出來和我算舊帳——其實我姐待我很好。可我記得清楚，我媽最常罵我的就是：

「看你姐懂得吃完飯洗碗，你呢？」

「她女生。」我回嘴。

「書包呢？去上學忘記把書包帶回來？這學期第二次了，看你姐的書包從小到大掉過嗎？」

「她女生。」我再次回嘴。

「妳姐讀中學，怎麼每天放學比你早回家，說，又死去哪裡玩？」

「她女生。」顯然我對女生有成見。

我媽後來火了，她罵我的內容迄今不忘：

「早知道肚裡懷的是兒子，我不生就好了。」

這句話的恫嚇力十足吧，等我長大，從沒有過生兒子的念頭，如果明天你在街上遇到我，問我後不後悔沒生兒子？嘿嘿，我以前三代後三世加起來的誠實回答你：女生，唯一。

可見我媽的偏心，影響我一生。

沒當家教的幾個月後，這位學生到學校找我，三步遠即聞得出強力膠氣味，他拉我到運動場請我抽菸，原來他把父親刺了一刀。看來，他感覺不錯。

「操，醫學院了不起？**我受夠了**。」

本來他刺的對象是哥哥，父母要哥哥教他念書，上課不到五分鐘，認為哥哥瞧不起他，就摸出小刀要捅人，父親見狀上前阻止罵了一句：

「看你媽把你寵成這樣。」

父親擋下這一刀，刺中腹部，送醫後幸好無大礙。

之前哥哥曾說了什麼刺激到他嗎？

哥哥只說：你不想念書就算了，能不能少找麻煩。**我受夠你了**。

我推測哥哥的話對弟弟形成受歧視感，父親的話又以母親威脅小兒子，忘記正值青少年期的男生最怕受到挑釁似的壓力。

想起瓦倫西亞大公的話：我沒有仇人。

我們不會對陌生人產生仇恨，彼此間沒有關係呀，唯親人，長期相處，容易因小磨擦而產生仇恨。所以仇人的來源，大部分是親友。

此刻專心……我也一定有仇人……想不出來，兩個可能，一是我神經大條到以為自己沒有仇人，一是我仇人太多，無法計算。

孔子以「自行束脩以上，吾未嘗無誨焉」自居，束脩是起碼的學費，意思一下，並不在意肉乾的市價多少。孔子不愛財卻不能說孔子對學生不偏心，眾所皆知他愛顏回，魯哀公曾問他，學生裡面誰最好學？孔子毫不掩飾即回答：

「有顏回者好學，不遷怒，不貳過，不幸短命死矣，今也則無，未聞好學者也。」

顏回死後，家裡窮，顏爸爸向孔子哀求，請孔子賣掉他的車子，為顏回買好點的棺材，孔子拒絕，因為他是魯國的大夫，不可以走路上下班。因而有人指責孔子對外一再疼惜顏回，當顏回死了，卻捨不得一輛車。

這事分兩個層面看，顏回的父親以兒子為孔子愛徒，而情緒勒索孔子，令孔子很難做人，講到最後搬出自己兒子孔鯉死了，也照樣沒買好棺材做為不肯賣車的理由。

換另一層面，孔子一生講究禮與節，身為國家官員有其體制，什麼官位穿什麼衣服，坐什麼車，體制不可廢，於是孔子被自己的理論綁住，卡在禮節與私人感情之間，他選擇了堅持一生的禮節。

顏回父親真給孔子出了個大難題，我想孔子陷入兩難時說不定也喊：我愛顏回，可是有必要把愛擴大到賣車買棺材嗎？我受夠了。

看起來施是加害人，受是被害人，往往反過來，施與受都是加害與被害人。

《論語》上沒寫孔子喊：「吾受夠焉」，倒是林苓喊了。

林苓嫁給胡強三年，每年除夕照例隨胡強回家過年。胡家人口簡單，父母健在，弟妹各一，當胡強和林苓談戀愛一起回家時，胡媽媽都做飯炒菜，林苓當然懂事，飯後搶著洗碗盤。

結婚第一年回去過年，胡媽媽生病沒準備年夜飯，林苓能幹，一個下午忙出一桌子的菜，全家快樂地吃年夜飯。

初二離開胡家後，她提出一個問題：

「為什麼你弟妹都不幫忙？」

胡強回答：

「我媽寵孩子，從不讓我們下廚房。一年一次，妳嘛幫幫忙別跟我弟妹計較。」

林苓沒再追問，到第二年除夕，仍然是媳婦料理一切，胡媽媽嘴巴下指導棋，小叔小姑等飯菜上桌才走出房間。

林苓悄聲問老公：

「你媽今年不做年夜飯喔？」

胡強是個笨蛋，他回答：

「我媽說妳炒的菜比她好吃。」

說不定胡媽媽故意褒揚媳婦，說不定胡爸爸誇媳婦廚藝好惹毛了老婆。總之苦了林苓，從買菜到最後洗碗刷鍋子，忙了八個小時，因此林苓不能不再問胡強：

「覺得回你家像當煮飯婆、洗碗工。」

胡強安慰她：

「我是長子，妳是長媳，而且我愛妳不是嘛，挺我，一年一次。」

第三年，胡強弟弟結婚了，林苓以為可以輕鬆了——錯，小叔和新婚妻子坐電視前等著吃飯，這次她再問老公：

「為你爸媽煮飯，應該的，你弟和你妹，還有你弟媳婦呢？我是你們家過年來做年夜飯的鐘點工、煮飯婆？」

胡強不太高興，

「一年一次，計較這麼多。我愛妳，妳愛我家人一點，會怎樣？」

林苓同意胡強的愛，不同意「愛我家人一點」的說法，第四年她不煮飯不洗碗盤了。她對胡強說：

「年菜你自己看著辦，**我受夠了。**」

買現成年菜照樣過年，氣氛差很多，胡強得先私下向家人解釋工作太忙，林苓今年實在抽不出空準備年菜，而且現在流行外賣，網路上訂了，只要加熱就可以，方便。

於是一家人善意或虛情假意問候林苓的工作，請她不要太累了。

年夜飯吃完，雖都是外賣的，盤呀碗的仍得有人收拾，弟媳和小姑吃完就進房，老人家看電視，林苓想看看結局，也坐下看電視。胡強不能不出手，喚弟弟一起幫忙清洗。晚上胡強終於忍不住對老婆說：

「每次過年要看妳臉色，搞得我心驚膽跳，到底什麼意思？妳受夠？告訴妳，**我才受夠了。**」

他指著客廳內古老的掛鐘：

「我爺留下的鐘，早停了。我爸捨不得丟，自嘲地說至少那口鐘一天保證準兩次，妳該學我爸的樂觀，一年就忙兩天，妳讓大家快樂，虧到妳啦。」

林芩看著鐘：

「你們男人，遇到事不肯明說，拖，那口鐘早該丟了，不然去修，還說一天準兩次。」

「說什麼？」

「說年夜飯大家一起做。不要老說你愛我，你愛我不能擴大到無限大，你愛我不能叫我當你弟妹的傭人，我不是你愛情的奴隸，別想用你的愛當成對我的恩惠，我得無止盡地回報。」

胡強多追加了一句：

「現在女人怎麼這樣。」

聽在林芩耳裡，胡強明明拿她和婆婆比，意思是她不夠賢慧，撂下話掉頭回娘家：

「現在女人怎樣！」

第四年，胡強不願再對家人編謊話，也不願再逼林芩非得除夕忙到深夜，十月即到處訂餐廳，全家出去吃，連洗碗都省掉，不過我想他和家人心理清楚，彼此關係愈來愈緊繃，誰叫他們有話不明說。當初胡強不將妻子回家做年夜飯視為義務，有機會全家討論出更有趣、更互動的過年方式，一旦搞僵了，誰都有生氣的理由，老媽想看她在兒子心中分量大還是媳婦；弟弟和弟媳婦便拗進情緒，看哥嫂怎麼辦；小姑認為是你們的事，凡事少來煩我就好。

回到林苓提出的問題，也是我老婆有時的質疑：

「你們男人為什麼對家人有話不敢明說？」

我一位綽號老王的大學同學最近從美國返台，說了一段令人感動故事：

他二十多歲即隨父母移民去美國，結婚生子，幾十年過去，父親早幾年先走，不久母親臥病在床，七、八年了吧，年初也走了。最後這幾年，他和也有工作的妻子輪流照母親，兩人怕婆婆半夜不舒服，來不及叫他們，老太太不喜歡陌生人，幾位看護被她趕走，夫妻倆商量後，妻子主動說，我來吧。她便陪婆婆睡了最後三年。

請老王吃飯，他計畫這兩年搬回台灣，為了老邁的丈母娘，「我老婆當初陪我媽，我答應過她，以後她母親的事，我什麼都做。」妻子有一弟、一妹，三人商量好輪流照料老媽，弟妹、妹夫加上老王，他說我們六個人對一個老媽，不錯吧。

何止不錯，接近溫暖的上限了。

做為家人，愛是必然條件，是基礎，若想往上發展，得敞開胸懷說真心話，一個結未打開，之後無謂的誤會與糾纏令人心碎。

仍然有些話說不出，有些人不想誠實面對。

包子以前有位好朋友小瑞，撞球打得好，我常他們攪和一起喝酒敲兩桿。小瑞算包子下屬，頗有才華，也有個性，卻不善理財，離婚後相當潦倒，工作不起勁，倒是對女兒盡心盡力，算個好爸爸。

他缺錢又嗜賭，欠了不少同事錢，總額不大，因東欠西欠搞得名聲不佳，包子那時單身又不花錢，便借錢讓小瑞還掉欠同事的債務。沒想到問題接二連三出現，小瑞的錢永遠不夠用，變成如果包子不幫他，好像他活不下去。

包子再借吧，問題更大，只要包子和他談論工作上的缺失，他便說：

「欠你的錢遲早會還，不必假公濟私給我臭臉看。」

晚上加班，他開了瓶好酒邊喝邊作稿，包子經過看到隨口說：

「唷，好酒。」

小瑞立刻拉長臉：

「欠你錢的人都不能喝酒！」

剛進國小的女兒有時陪他來上班，包子問念哪個學校啊？他嗆回來：

「私立的，欠你錢和我女兒念哪間學校無關。」

老一輩的一再警告我們，朋友之間借錢就不該奢望對方還，我理解，老一輩的忘了說，借錢給朋友不僅失去朋友，甚至變成仇人。

八世紀，經過安史之亂，唐朝在肅宗領導下中興復國，當時出了不少名臣，李勉是其中之一，主張不要對叛亂的士卒追究責任，因為很多「賊兵」

不明究理被安祿山裹脅而來。肅宗接受他的看法，下令量刑從寬。

一名小賊被李勉無罪開釋，回到家鄉刻苦經營，多年後成了一方富商。這時李勉因和宦官搞不好，辭官返鄉，途中遇見這名已成財主的小賊，為了報恩，小賊當然熱心接待。

小賊想，他的命是李勉救的，該怎麼回報呢？況且李勉辭官，待業中，說不定連明天午餐錢也沒，他不能不表示一下。

妻子說，如果你覺得欠他的太多，不如送一千匹馬。

小賊左思右想，一千匹馬也還不了李勉的恩情。

妻子再說，那送兩千匹馬。

小賊仍覺得不夠，把全部家產都送李勉也還不了這份情。

這時妻子果斷地做了決定：

「既然怎麼也還不了李勉的人情，何不殺了他，就不必為如何報恩傷腦筋了。」

這名小賊還真認同妻子的說法，打算動手殺李勉，幸虧得到其他人報信，李勉逃得一命，留下令人深思的「大恩如大仇」名言。

小瑞有陣子見到包子便躲開，彷彿包子會向他追債。以前是撞球的球友，球不打了。工作上開會，永遠低著頭。遲到早退被包子說幾句，他抱怨，不就欠你一點錢，何必整死我。

後來包子對那位同事表明態度，錢，你愛還不還，從此不必拿欠我錢來威脅我，老子，我受夠了。

人與人交往，逃不開有意無意的情緒性勒索，ＥＱ重要性遠遠超過ＩＱ，如果對方不肯打開心胸說實話，我們得找機會先開口，寧可早被拒絕，免得演變成彼此猜忌，或者仇人。

大恩如大仇，充滿哲理與人生經驗。

他是妳弟弟，妳不照顧他誰照顧

——提醒你的責任感

「你只有一個弟弟。」

「你又沒結婚，幫一下會怎樣？」

KIKI忙著返家，她有很多事情得忙，老媽要的日本電鍋，弟媳婦指名要的化妝品，其實上網就買到，不過她們期望KIKI。

至於KIKI，每年只年假返家，本來就要買禮物，既然她們指名，最好不過。

忙呀，旅行業這行到年底最忙，別說除夕，公司連初一、初二也出十幾團，機票、旅館、遊覽車，稍一疏忽說不定被客訴到死。

她是領隊，這行業沒有底薪，收入來源複雜，最可靠的莫過於團員的小費，只能暗示，不能列入團費。老資格領隊愛帶法國、義大利之類的歐洲團，光是整團殺進巴黎老佛爺百貨公司，佣金可能超過小費。

進老佛爺不那麼容易，未必每位客人都愛名牌，十月那團的成員中有對老夫妻，當遊覽車抵達百貨公司，老先生不耐煩地說：

「KIKI，我們不瞎拚，在附近散步，妳少照顧兩名團員，開心吧？」

天哪，KIKI巴不得照顧他們，拜託，買條絲巾都好。

她沒說，還得對老夫婦說明散步路線，說明集合時間與地點。

終於各取所需，巴士發動引擎，不對，車上少了兩個人，半小時之後，兩名女團員揮著香奈兒、LV的大紙袋嘻笑著跑上車，她們這麼說：

「剛好趕上。」

「成功！」

她們不知道KIKI已經被團員罵得滿臉豆花。老先生便說：

「為什麼守時的人要等遲到不守信用的人？」

所以KIKI有時很煩，結束行程前一天向團員收小費，老先生夫妻極為勉強給了她十歐元，而她還得從心底掏出乾涸的笑容說謝謝。

正因為做了這行，老媽還好，弟弟的老婆覺得她反正飛來飛去，帶免稅品回來不花本錢，經常開單子透過老公傳給KIKI。

不花本錢？錯了，她能帶的就這麼多，上網轉賣是她收入另一重要來源，不是不花本錢。

帶不帶春節假期團很掙扎，每年回家的心情戰勝賺錢，好久沒看到老媽。

我認識KIKI多年，曾經一起受領隊訓練，她開朗快樂，有次託她帶東西到她租處提貨，二十坪公寓分成四間分租，她的小小空間內只有床墊、一張日本榻榻米用的矮桌子、IKEA的簡易櫃子，衣服掛吊桿，鞋子疊鞋子。從床墊到櫃子堆滿貨品，客人來，推開鞋、包，騰出一角空間，請坐。她請我吃飯，小桌子擺了鐵板燒鍋子，插了電，鋪滿青菜，擠著鼻頭問我：牛肉、豬肉？

問我吃飽沒？移下鐵板燒鍋子換小電鍋，倒進水煮泡麵，把長髮用根帶子綁到頭頂，舉起兩包泡麵問：韓國的還泰國的？辣的不辣的？再插上電。

那次以後我沒託她買過東西，不人道。不替我帶，她可以上網多賣一個包。在歐洲買名牌，限量，登記護照號碼，一人兩件。替我帶一件，她說不定少賺兩三千元。

大學畢業到台北，KIKI為了生存幾乎什麼工作都做，最早當酒促小姐，每小時工資三百元，現在漲到六百元。我算了算，一天工作五小時，就三千元，一個月拚命做三十天，有九萬元。

值得考慮，啤酒公司收酒促阿伯嗎？

她積了點錢進補習班，搞懂股票和基金的差別，一年多後轉至證券公司當業務，從公司指定的一年一千萬業績增加到兩千五百萬。之所以選這行，她媽媽期待女兒進大公司，凡證券公司、銀行，必定是老媽聽過的大公司。

賺了錢再進補習班，加強英語，學習法文，因為認識一名老領隊告訴她，待大公司，出外一條龍，回去一條蟲，做自己的生意，不必看別人眼色。

老領隊給她上了一課，領隊這行業，語言當中屬法語最值錢，去法國玩的人沒有不買名牌，領隊收入就多。

轉業後更忙，平常抽不出空回家，每年僅過年回去住幾天，她喜歡看家人收到禮物的欣喜表情，了解北極聖誕老人不肯退休的原因。

過年，老媽從廚房到餐桌忙個不停，罵兒子只曉得躺在沙發玩手機，罵老公，死老猴一天到晚蹲廟口和人抬槓，過年也不知道幫忙。

她從巷口走到巷尾，老鄰居都會驚呼：不會吧，長這麼漂亮了啊。當然清楚鄰居阿伯阿嬸客氣，聽了還是高興，在台北沒人注意她長大，只看她機車安全帽上面貼的騎掃帚的魔女。

有些鄰居特地到她家，聽 KIKI 講怎麼挑旅行社，怎麼上網買機票，佛羅倫斯著名的牛雜攤子在哪條巷子裡，所有工作上受到的委屈，當成笑話說出來，由老媽拌了蔥薑下鍋炒出滿桌冒出蒸氣的大菜。

她講證券公司主管怎麼壓榨她，講團員怎麼想辦法少給她小費，講她要存錢買房子，講同事間的笑話。母親始終笑個不停，年假有幾天，她們就聊幾天。

後來弟弟結婚，住家裡。她和弟妹聊不上話，弟妹在彰化一家大賣場工作，每天回來不是躺床上就是躺沙發，得軟骨病那樣。弟弟見沙發被占，乾脆躺地板，繼續玩手機。

她帶的禮物總能讓家人開心，老爸例外，每次送威士忌，他總先看年分，凡十二年以下就會用鼻孔發出不屑的聲音。所以老媽說，我們家這個老仔，最難逗陣。

爸幾乎不跟她聊天，說不定也不和弟弟聊天，連夫妻之間，變成老媽下指令，老爸設法遵從罷了。

這些都沒關係，她在廚房切菜，和老媽講話；端菜到餐桌，扯高嗓子和老媽講話。小跑步到廟前喊爸，回家吃飯囉！抓起手機喊，弟，你在哪裡？快點，再不回來媽要罵人了。

每年過年她很忙，忙得莫明其妙，忙得心情舒暢。

KIKI 的感情生活呢？失敗、失敗、失敗，於是她發明一個自我安慰的理論，女人寧可自己過得快活，期望男人很可能換回難過。

我聽懂，男生總讓她傷心。

女人一旦忘卻男人，發揮出的潛力無法想像，什麼都自己來。買 IKEA 家具，自己裝；水電出問題，看網路影片自己來；樓上太吵，她穿著拖鞋上去溝通；研究公車路線和時間，發現上午十點以後搭公車比捷運快又便宜。

「告訴我一個需要男人的理由？」

我算長輩，號稱見多識廣，卻無法回答。一，買了 IKEA 雖自己裝，老是裝得歪七扭八。二，曾試圖修水龍頭，差點鬧成水災。三，樓上太吵，我躲到頂樓陽台看書。四，上公車曾問司機到不到虎林街，司機理也不理我，只回：不會看路線圖？

需要男人的理由？嗯，大哉問。

KIKI 更威武的是——如果在除夕那天看到她，相信每個人必留下深刻印象。

一口大箱子裝滿禮物，背包塞滿禮物，禮物要多送一個人，弟弟那未滿周歲的小強強。弟妹恰好除夕生日，草莓蛋糕得手提，當心，不能歪。同事送的台北名店春節外賣佛跳牆，瓷缸裝的，不能裝箱，也手提。

當她站在月台等車，各位，像一棵聖誕樹，全身上下掛滿金光閃閃、銀得刺眼的包裝紙盒。

是啊，KIKI 照樣每年回家過年。當領隊第二年，為了過年送家人禮物，每次出國帶一件名牌，準備了三個月，送弟妹的 Longchamp 包，她指名的。送老弟的 Gucci 休閒鞋，他老婆指定。送小強強的小衣服，日本貨，強強馬麻指定。

當姐姐顧全家，還有給老媽的大紅包，比往年多了兩萬，包五萬。

大包小包，KIKI 展開返鄉行程，台鐵到彰化站，她不願意搭高鐵，車少，離市區遠。到彰化站換計程車方便多了。

不過認識她的鄰居有的老了，有的搬去台中市，老媽忙外孫忙得分不清東南西北，當 KIKI 送去禮物，老媽一手收下，臉對著廚房外喊：

欣宜，看好強強，他抓什麼東西吃？

玉明，玉明，玉明還沒回來？欣宜打妳老公手機，快吃飯了。

於是當 KIKI 接回剛才講了一半的話，老媽忽然扭頭看她，彷彿才發現她回來，彷彿才發現原來她還有個女兒：

「去廟口叫妳爸。」

那年除夕晚上終於忙完，她與老媽一起洗碗，這時偷偷將紅包塞去：

「新年快樂。」

往年老媽會說：

「自己留著用，妳不是要買房子？」

這年老媽說：

「有錢幫你弟弟，每天騎機車，他該換汽車了。」

老媽忘記她女兒也騎機車嗎？

她很喜歡弟弟，兩人相差五歲，等於看著弟弟長大，送他進小學，老爸罵弟弟，她擋著；弟弟在學校打架，她陪去醫院，硬說弟弟坐她機車不小心摔下車，是她的錯。

弟弟倚賴她，尤其一次和幾位朋友逛賣場，忽然聽到有人叫她，弟弟經過向她揮手，她驕傲地對朋友說：

「我弟。」

「妳弟很帥耶！」

「還可以啦！」

弟弟只是要買汽車而已。

初三趕火車回台北，熱鬧的新年平靜了，如果窗前落點雪更好，深夜她坐在窗前書桌，打開電腦，列出新的一年計畫，房貸、生活開銷、多接幾團、擴大代客購物計畫，林林總總，最後加一項：

阿弟的汽車。

她問弟弟想要什麼車？得到明確答案：

「韓國休旅車。」

上網查，九十八萬。

「我幫你付頭期款。」

「姐仔，頭期款我有，妳要不要幫忙隨便啦！」

九十八萬太貴，她對老媽說，不能買便宜一點的嗎？

「妳就一個弟弟，幫他一下會怎樣？不是領隊很賺錢？」

聽到這件事，我想了又想，僅一個弟弟和送他汽車，不相關；超過自己能力送汽車，不應該；領隊很賺錢和一個弟弟、送汽車，連結得太勉強。

問題在於 KIKI 好強，或者不肯讓媽媽擔心，一再強調領隊很賺錢。對於賺錢兩個字，每個人的定義不同，像我，聽到賺錢，聯想的是搶銀行，KIKI 媽媽說不定以為領隊賺的錢不比郭台銘少。

KIKI 犯的錯，為了不讓母親擔心而犯的錯，她得承擔。

說實在話，如果是我弟弟，要汽車？我送他火柴盒小汽車。

坐在桌前，沒看到窗外雪花飄飄的 KIKI 對著陰沉的黑夜想必這麼說：

「阿弟要汽車，我的購屋計畫怎麼辦？」

幾天後她和弟弟通話，說替他付一半怎麼樣？阿弟回：

「隨便啦，妳跟老媽說。」

怎麼跟老媽說？

她沒說，汽車變成阿弟付頭期款，後面的分期付款由她負責。

「妳坐過那輛韓國車沒？」我問。

「看過。」

說不下去，就不要說吧！

KIKI 繼續努力，不外食、不買不必要的東西、二手機車騎了十年，她活得辛苦卻依然快活。

三年不見，前陣子她吆喝同期領隊聚餐，她買房子了。

去她家頗費功夫，搭捷運到七張，換小碧潭線，再坐計程車上山。屋齡三十年的老社區，公寓在十六樓的七樓，二十三坪含公設與陽台。

對彰化北上的單身女孩，她成功了，她買了房子。

平常出門她騎車下山到捷運站，回家也如此。一次遇到大雨，忘記帶雨衣，她冒雨騎山路，回到家趕緊泡熱水，不過仍感冒。她打著噴嚏講手機：

「不會啦，淋過一次雨下次記得帶雨衣，而且淋過雨泡熱水好舒服。」

另一次帶團出國，為省停車費，機車停在捷運站旁巷子裡長達十天，椅墊被畫了兩刀，她坐上冒出水的海綿，新買的褲子濕透透。

「沒什麼啦，椅墊用膠帶貼起來，不是一樣騎。」

媒體分析，中南部上來的北漂女孩生命力強。KIKI 對此評語的反應是：

「不強的話怎麼辦？」

新買的公寓布置得很少女，粉紅窗簾、粉白床罩、粉黃腳墊，總之非粉不可。多了一隻見到客人怯生生的小貓，上星期從社區撿回來的。

不知哪位鄰居汽車底下，一窩小貓眼睛沒張開到處爬，其中一隻爬到她鞋子上。好吧，KIKI 帶小貓回家，取名 JIJI。她高舉著小貓：

「我叫 KIKI，當然得有叫 JIJI 的貓。」

台灣可能仍有人沒看過宮崎駿的動畫，卻沒有女生沒看過《魔女宅急便》。

鄰居中另一位獨居女孩也愛上 JIJI，KIKI 出國工作，JIJI 寄養在鄰居女孩家，多好，寵物共享，值得推廣。

不再用電鐵板燒，飯桌可以勉強擠八個人，擠不進去的坐第二排，由第一排代為夾菜服務。

吃火鍋，有蝦有蛤蜊，有據說可以吃三天的肉片，有我帶去的水果蛋糕，有阿番帶去的鼎泰豐八寶飯。

除了我，其他六名領隊都來自中南部，四女二男，包括一對新婚夫妻。他們之中有人拒絕在台北買房，太貴，反正以後都要回家鄉。有人堅持非買不可，為了建立於虛幻城市之中的存在感。綽號盧姐的女孩也正在努力存錢買屋，舉起啤酒杯：

「恭喜 KIKI 晉身有屋階級！」

另一人喊：

「變成台北人！」

嗯，新北和台北都是台北人。

對了，到這時為止，她不敢對老媽說買房子的事，不是怕老媽反對，而是老媽不了解台北行情，會挑。

可以想像她一定先說：買那麼小？

解釋機車與捷運接駁方式，她一定再說：那麼遠？

解釋一房一廳她如何布置，老媽若北上，可以跟她一起睡，床很大。老媽一定說：這麼貴？

小孩分兩種，了解老媽的，與雖了解老媽卻老犯同樣錯誤的。KIK屬於第三種，了解老媽卻漏算弟弟的。她原本打算三年後再說買了房子的事。沒想到這一拖延，老媽對她說：

「妳弟說想買房子。」

KIKI趕緊岔開話題，假裝很嗨說起她最近帶團去義大利的事。希望KIKI媽聽得懂，如果聽不懂──

她坐在窗前，養在鐵窗的不知什麼花不知何時開了花，對著電腦發一陣子呆，抱起 JIJI，鼻頭磨鼻頭：

「沒關係，我們，fighting。」

去年過年，KIKI 猶豫了好久，她問 JIJI：

「要不要回家過年？要不要告訴老媽買房子的事？」

和阿弟先通 LINE，阿弟孝順，表示阿母老了，阿爸身體不好，買外賣年菜好了。很好啊，反正她不在意回家吃什麼。

聖誕樹再次於寒冷季節出現在北車月台，這次多了一樣，裝在籠子裡的 JIJI，牠也長大了，加上籠子的重量，聖誕樹有些歪斜。

快到彰化問阿弟能不能來接，阿弟懶洋洋的聲音回她：

「姐，我工作很忙，妳叫計程車不是很方便。」

叫計程車的確方便，她不好說什麼。

看到女兒回來，老媽仍進廚房，記得女兒愛吃薑絲大腸、炒高麗菜，這些不能預訂，必須現炒。

廚房裡，輪到老媽對她說話：

「阿妹，妳弟訂了房子，錢不夠，我把老厝去銀行抵押幫他付頭期款，反正我和你爸死了，房子也是他的。」

KIKI 高興地說：

「好呀！哇，阿弟什麼時候搬新厝？」

「分期付款好像很累，妳該幫他，就一個弟弟，妳不幫他誰幫他。」

不知怎麼回答，忽然聽到 JIJI 叫聲，衝進客廳看，小強強抓著 JIJI 要看牠是公的母的。

搶下 JIJI，她撫摸著渾身顫抖的貓咪：

「強強，對寵物要溫柔，順著毛摸，像這樣，牠喜歡人家摸牠的背，很快 JIJI 會變成你的好朋友。」

沙發內傳來弟妹聲音：

「貓啦，怎麼摸也不會死。」

那晚她幾乎沒放下 JIJI，即使她想放下，JIJI 死也不肯落地。

老媽真的老了，碎碎念，講話像自言自語。阿爸過完年要去醫院檢查，血壓太高。

「叫他不要喝酒，妳還買酒給他。」

阿弟老婆又懷孕了，老媽幫忙照顧兩個孩子很吃力，只能讓一個先上幼稚園、進安親班，阿弟的開銷增加。弟妹和店裡的新主管鬧得不太開心，過完年可能另找頭路。

「叫阿弟帶妳去看他訂的房子，蓋到四樓了，年底可以交屋。」

那時 KIKI 醒悟，她無法將買屋子這麼興奮的事與老媽分享，只屬於她和 JIJI 的祕密。

說不定是永遠的祕密。

她難過，半夜睡在客廳沙發對 JIJI 小聲說：

「不能把高興的事告訴老媽，第一次耶！」

她將逐漸明白，接下來會有第二次、第三次。

喔，過年回家她得睡客廳，因為她的房間讓給老爸，大臥室由老媽和兩個孩子睡，阿弟與他老婆睡阿弟從小到大的房間。

睡客廳沒什麼不好，只不過沙發被阿爸睡、阿弟睡、阿弟老婆睡，睡得早就失去彈性，還向內傾斜。

她開始想念台北的家，雖然雨很多，房子也小，離市區很遠，不過是她自己的家，沒人可以叫她這樣那樣。

初三她回台北，初五我請她吃飯，在離我家不遠的咖啡館。

和過去一樣，她眉飛色舞談工作，原來她代客購貨生意的利潤已經不比帶團的收入差。想換新車，電動機車，騎過，很輕巧。帶 JIJI 去做健康檢查，最近有時牠花很長時間咳嗽吐毛球。她想把沙發床換掉，以前是為老媽老爸萬一來台北玩，可以睡她家。如今他們不會來了，看電視還是需要更舒服的沙發。

如今他們不會來了。KIKI 離家愈來愈遠。

說著，手機響起，她說：

「阿弟，媽對我說過，可是沒辦法，我自己都沒房子。」

KIKI 說了謊話，她直接說出謊話，可見想了許久，準備了許久。

原來說謊並不容易，要培養勇氣。

「沒關係，我問問而已，妳跟老媽說。」

當她講完手機，沉默了一陣子。我大約了解，她不能不和家保持距離。接著她得對無話不說的阿母也說謊，過年回家勢必一年比一年辛苦。

「最難過的是，」她低頭看著沒吃完的蘋果派，「我媽說我又不結婚，為什麼不幫弟弟。」

「她對我說，對不起，老厝已經抵押給銀行，貸款幫阿弟買房子，妳在台北賺很多錢，不在乎這間老厝啦！我變成罪人，要是我能幫阿弟，老厝不用抵押，要是我能幫阿弟，我媽更幸福快樂。」

「老厝抵押掉，她事前問也沒問我。」

「我媽昨天晚上和我視訊，讓我看她兩個寶貝孫子，好可愛。她說妳看，別人不肯生孩子，我們家生兩個男的。她又說一次，妳只有一個弟弟，妳不幫他誰幫？」

「朋友勸我趕快結婚，要是我結婚，就不用再負擔那些亂七八糟的事了。你說是不是這樣？」

這是我第一次聽到用結婚逃避家人，不知對或不對。

KIKI 接到老媽電話，看號碼本來不想接，但她還是接了，用快樂的聲音說：

「妳在台北了？」

老媽不會來台北，她太忙，每星期一陪老爸跑醫院，抽空幫忙照料兩個隨時肚子餓的孩子。直到此時，阿弟一家仍每天回老家吃晚飯。老媽忙呀，她的聲音變得蒼老：

「妳弟妹辛苦，新的工作一天要做十個小時，妳弟也是，我叫他們出國去玩，大家去日本，他們也去，出國的事我不懂，妳幫他們處理好了。不肯幫妳弟付房貸，出國旅行總可以吧？」

KIKI抓狂了，她吼著：

「我呢？你們想過沒？我是妳女兒，為什麼我要幫他買車，幫他買機票，他幾歲了？」

「妳沒結婚，沒孩子。」

「能不能假裝我結婚了，假裝我有十個孩子。」

「不准嗆我，我是妳媽媽，誰叫妳不結婚，不生小孩。」

「我可以一個人嗎？」

「妳不是本來就一個人。」

「我可以一個人，假裝都不認識你們嗎？」

我想明年過年，KIKI 還是會高高興興回家，說不定去阿弟的新家坐坐，不過可能初二晚上就回台北，因為她要回家看 JIJI，因為她的鄰居女孩今年去日本玩，因為她不想再次聽阿母說，妳只有一個弟弟，妳弟弟買了新厝，我沒氣力照顧小的，他太太辭了工作在家，兩個兒子很累人。妳阿弟的負擔很大。

KIKI 有個祕密，有個回家不能說的祕密。

她離家愈來愈遠，遠得令她開始產生罪惡感。

她將抱著 JIJI 坐在窗前看台北落不完的雨，

「JIJI，這裡是我們的家。」

我能不能不要當妳兒子？

——可是我愛你唷！老媽說。

「交女朋友了嗎？」

「你小時候多可愛呀！照片裡的女同學是誰，還有聯絡嗎？」

孫振武，名字和他本人完全相反，他既提不起氣力「振」更不想「武」。名字來自孫爸爸，表達他對兒子的期望，可是兒子有對自己的期望，所以他的朋友都叫他傑弗瑞，或者更簡單的 Jeef，不然，傑。

孫爸爸第一次知道朋友都叫他兒子傑，頗不以為然，傑不能不解釋，英傑的傑與振武同樣意思。他當然不敢對父親說，親密的朋友在網路上都喚他潔，清潔、潔白，和父親的期待完全無關。

高中畢業後他迫不及待離家，遠赴高雄念大學，孫爸爸不太諒解，為什麼不申請台北的學校？

就是想逃。

大學畢業那年，孫爸爸從五十二歲起失業，先是請託朋友幫忙介紹工作，後來去漢堡店幫忙，有陣子忽然開始念書，說要考不動產經紀人證照。不幸全都失敗，朋友幫不上忙，漸漸不接他的電話。漢堡店油煙大，他每天煎漢堡回家咳嗽，讀書考證照也半途而廢。

孫爸爸的雄心壯志萎縮得像電視收視率，對潔的人生不再有興趣，變成孫媽媽關心兒子。和她只有一個兒子有關，和她對孫爸爸重新振作一事使不上力氣有關。

比起阿姨，孫媽媽算文雅了。阿姨有事沒事便拉著潔問：

「說，你是不是同性戀？現在看心理醫生還來得及。」

把同性戀當成癌症，來得及化療嗎？

孫媽媽可能心裡有數，她不說，不承認，可絕不代表她接受。三年前過年回家，年夜飯，家裡居然多了位年輕女性。

「我朋友女兒，爸媽在大陸工作，過年回不來，我說我照顧。」

老媽什麼時候對朋友家人如此關心？

女孩叫阿丹，個性開朗，馬上和潔無所不談。

過年三天，阿丹待在他們家三天，原來她爸媽叫她去東莞，她不想，推說要念書考研究所。

「爸媽不在，一個人多好。」她伸著懶腰說。

兩人出去看電影，孫媽媽居然塞錢給潔。

「晚飯你們在外面吃。」

這樣也不錯，免得回家老媽盯著他和阿丹，不是提防什麼的盯著看，老媽一臉不知花幾年時間省下的笑容。

看完電影回到家，桌上擺了消夜，從紅豆粿到蛋黃酥。

「你們要咖啡還是酒？哎唷，來我們家客氣什麼。喝酒好了，這是什麼酒我看不懂，藏了好幾年沒被你爸找到，趕快喝掉，被他發現就沒你們的分。丹丹晚上不要回去，睡客房，小一點，我收拾好了，很舒服，就是沒裝冷氣。哎，我在說什麼，冬天不用冷氣。把這裡當自己家啊！」

兩人窩在房裡聽音樂聊天，甚至躺在同一張床上，阿丹說：

「你媽好像希望我明天就生小孩。」

「她就這樣。」

「她知不知道你和我們女生是閨密不是炮友？」

「不知道。」

「瞭，潔，我全瞭。我躺上你的床了，你完蛋啦！」

那天晚上潔去睡客房，新的被單，洗得香噴噴的枕頭套，早上被媽叫醒：

「你睡這裡，她呢？」

她回家了，回她不跟母親住的家，真好。

「你們，好嗎？」

好得很。

老媽進他房間說是換床單，卻像內務檢查，掀起床單，掀起枕頭，

「我們沒怎樣啦，妳不用找。」

「她不肯啊？我兒子那麼帥。約好哪天見面？我覺得她很好，到我們家連你爸都跟她聊天，好久沒這樣。去啦，約她。」

「初二她回她阿公阿嬤家。」

「初三啊！」

「人家有事。」

「你沒開口約，哪裡知道她有沒有事。」

事情沒結束，幾個月後潔徹底明白阿丹說的「完蛋了」是什麼意思。

孫媽媽找阿丹，她一律不讀不回，可能阿丹根本不用簡訊，可能阿丹看到，不想攪進潔與母親的戰爭。

按照孫媽媽誓不罷休的個性，她南下假裝看朋友，找到潔的住處：

「你和阿丹有再約過會嗎？房子要打掃，看你，把女生嚇跑。去買好神拖，我拖地，你丟垃圾。」

「有啦，我們是好朋友。」

「那就好。她在你這裡過夜沒？」

「來過一次。」

「不會搞大她肚子吧？」

「救命！妳想太多，我們又沒怎麼樣。」

「你們年輕，注意避孕就好，我是你媽媽，跟我講沒關係。二十幾歲年輕人，乾柴烈火，別忘記我也年輕過。」

「聽不下去，妳是我媽好嗎？」

「真的沒做？」

孫媽媽的眉頭皺起來了。

那天起，孫媽媽立志要扭轉潔的性向——人習慣為應該自己能控制卻未成功控制的失誤尋找藉口，孫媽媽認定潔太瘦弱是因為住在外面吃不好，認定潔交不到女朋友是南部女孩太刁鑽，認定潔受到壞朋友影響，搞什麼不婚主義……

令潔幾乎崩潰的是孫媽媽從來不問兒子是不是同性戀，他也沒準備好跟她說，媽，我是同性戀。幾次想開口，可能是母子連心吧，老媽馬上找藉口離開。

有個辦法，設法找女生朋友假裝是女朋友，糊弄老媽。

「阿丹，幫幫忙，裝一下，陪我回家一次，我出高鐵票錢，出台北旅館費，請妳吃鰻魚飯。」

「免談。萬一你媽纏著我不放，你知道我討厭婚姻，會跟她翻臉。」

當潔還是大學生時，有時媽會跟他談年輕人晚婚、不婚、不生孩子，那時她的想法比現在有彈性多了。

「你們年輕人有你們的想法，我們老的管不著，高興就好。生小孩的確累，如果將來你不生，我不會逼你，生下來也別想丟來讓我養。你媽呀，腰不好，年紀也大了。等你爸退休，我和他雲遊四海。找我還要預約哩！」

如今她的轉變太大了。本來以為因為爸沒能如願退休，影響媽的心情，但看來不是。

潔的日子難過，凡是看見同性戀新聞，例如婚姻平權，孫媽媽可以對著電視機罵一整個晚上，不時還傳網路上反對同性戀的貼文給兒子。例如年輕人都不生，台灣將來靠誰？例如同性戀不是天生的，是被朋友帶壞的。最荒謬的一則是——

「為什麼以前沒有同性戀，現在有？」

她還是沒有問兒子：你是不是同性戀？

據我所知，孫媽媽變得態度更激烈，對親戚朋友一再表明兒子不是同性戀，只是尚未找到合適對象。

閒話傳進潔的耳中，壓力更大了。傳話的是隔壁鄰居趙媽媽女兒，她一向打扮中性，高中時龐克風，大學開始打領帶，如今只穿牛仔褲，平頭、抽菸。以前大家說她叛逆，不知道她是不是同性戀，可是孫媽媽居然跑去罵趙媽媽，說她女兒同性戀還成天招搖。

「我愛怎樣，和你們家沒屌關係。」趙媽媽的女兒口氣很不好。

潔不想回家。孫媽媽如今只一個話題：有女朋友了沒？

還有一個原因：潔和畢在一起了，感情很好。畢大他八歲，單親媽媽很久以前就接受兒子的性向，對待潔的態度很自然，在畢家過夜，早上畢媽媽還幫他準備早餐。相對之下，他覺得對畢不好意思，不能介紹家人讓他認識。

畢並不在意，安慰他凡事都需要時間。

於是潔打電話給媽媽：

「我星期六回家，有事和妳談。」

孫媽媽大概猜到兒子要談什麼事，居然大吼：

「我這星期和同事出去旅行，要談下次再說。不要回來。」

阿丹聽了笑個不停：

「潔呀，全世界都知道你的事，只有你媽拒絕知道。你完蛋了。」

潔跟爸談。

「談什麼？」

孫爸爸成天看電視，但腦子沒被汙染。他思考很久。

（我想到馬奎斯在《沒人寫信給上校》寫的一句話：他前面兩隻圓滾滾的小蝙蝠眼睛，頃刻之間，他覺得自己被這雙眼睛吞食、咀嚼、消化，而立即又被排泄出來。）

「確定？」

「嗯。」

「再緩一緩。」

「不行，媽成天逼我交女朋友。」

「那就交一個，應付一下。」

「沒辦法。」

孫爸爸陷入長考，喝了兩杯酒做出決定：

「兒子是媽媽的，你自己對他說。還有，別讓她知道你跟我說過，她呀……」

於是孫爸爸裝不知道。因為如果他知道，該站在兒子或妻子那邊？寫簡訊告知母親呢？總覺得不太好，他不想失去從小愛他的母親，希望有天他和母親能像畢家母子一樣。

終於他回家見到母親了，還沒機會開口，孫爸爸躲回房裡說要睡午覺，孫媽媽搬來一本大相簿。

「看你小時候多可愛。」

孫媽媽開始說起每張照片拍攝的背景、那時兒子幾歲。指著一旁的小女生問，你小學不是和她很好，現在她人呢？

再說到相片裡的阿公、抱著他拍照的婆婆和穿超人披風的小振武。

說著說著孫媽媽哭了，潔腦中響起阿丹的話：

「你完蛋了。」

比完蛋更慘，完蛋的結果是收拾掉在地板的蛋白、蛋黃、蛋殼，潔沒有東西可以收拾，因為孫媽媽繼續說兒子小時候多可愛，說著連潔也不記得的自己。爸爸出來過一次，上廁所，看也沒看他們，再回到臥房，把門重重甩上。

天快黑了，潔下定決心今天一定要說出口，他鼓起勇氣打斷媽媽的話。

「媽，妳應該知道我是同性戀。」

以為母親會受到驚嚇，不然爆粗口，不然大哭，不然吼爸爸出來。孫媽媽維持剛才的情緒與動作，當沒聽見潔的話，說起潔高中時的事、阿公出殯那天的過程和婆婆多想她外孫。母親問他肚子餓不餓，她收起相簿進廚房，喊著：

「叫你爸出來幫忙，垃圾車快來了。」

潔被母親打敗，乖順地吃完晚飯回高雄。他相信母親需要時間撫平情緒，給她時間吧！

一個星期後他再回台北，母親興沖沖拉著他去喝下午茶，五星級飯店自助餐式的下午茶。剛坐下，一位沒見過的阿姨帶著女兒過來：

「孫太太，這是你兒子呀？」

孫媽媽對兒子表現出她的決心，她並沒有失敗，她還在努力。

回家路上，他沮喪夾著憤怒對母親說：

「妳可不可以不要這樣？」

「不喜歡那個女生呀？不喜歡就不喜歡。」

「不是這個意思。」

「要是現在不想結婚，我不會逼你結婚。」

「妳知道我不是個意思。」

「不婚就不婚，年輕人流行不婚。」

最後潔說了打自心底的話，有些狠，他未經思考即說出：

「我能不能不當妳的兒子？」

孫媽媽當做沒聽見。潔追加一句：

「我受夠當妳兒子了！」

孫媽媽最後回了一句：

「小武，我愛你。」

據我所知，潔和畢仍在一起。據我所知，孫媽媽還是拒絕接受潔殘酷的告白，她不再逼兒子認識女孩，但母子走在街上她時不時會說出以前不可能說出的話：

「前面那個女孩好漂亮。」

潔提起畢的事：

「我和一個男人在一起很久了。」

孫媽媽置若罔聞：

「你爸被同事拉去打羽毛球。他總算承認自己退休，放下狗屁沒完成的壯志乖乖學做個健康老人。」

潔試探性地告訴母親：

「我們可能會結婚。」

孫媽媽看著公車站的班次抵達時刻表說：

「把你爸拉出來，我們去吃披薩，你小時候最愛吃。」

潔也看著不停變動的時刻表：

「他姓畢，我叫他畢，他叫我潔，不是豪傑的傑，是潔白的潔。」

孫媽媽對進站的公車揮手：

「你小時候還愛吃炸雞，什麼時候開始不吃了？幾歲就一天到晚減肥，男人胖點好看。」

我想潔如果遺傳他母親的選擇性人生就好了，忘記母親的堅持，看樣子不太容易，孫媽媽非贏不可，潔也不能不奮戰下去。

年輕人怕長輩對他們說：愛你喔。

我如果對女兒：

「爸永遠愛妳。」

想必她馬上跳起來問：

「你想幹嘛？我還沒結婚的計畫，別壓迫我。」

對啦，父母不該干涉子女私生活，他們不是長大了嗎？不都長得很好嗎？我們只能站在一旁祝福，希望他們對自己的人生感到滿意。

會不會有一天女兒埋怨父親：

「誰叫你以前不逼我結婚。」

「逼過啊！」

「要更用力逼。」

是的，我想太多了。

美國小說家保羅．奧斯特在《布魯克林的納善先生》裡寫著：

「從小，湯姆就常聽母親說：湯姆啊，你不能改變天氣哦！她的意思是說：人生有些事情是不能改變的。」

他是我老弟，名教授，你看，我叫，他一定來

——增強被害人的罪惡感

「老弟，今天晚上你買單。」

「你能出國念書，還不是我讓你。」

「記得還我。」

「老李、國財，這是我老弟。」

「剛下節目，對不起遲到了。」

「比哥哥帥多了。真的同一爸媽？」老李自顧自狂笑一陣，「對不起，開個小玩笑。敝姓李，你哥同事，常在電視上看到你。」

「是啊，你哥成天嘴裡都念著你，王家之光。」國財舉起酒杯。

「我老弟，叫他來，不敢不來。」哥哥拉他坐下。

當然，王家齊習慣了，又得陪喝酒，講笑話。

我認識王家齊，進而認識他哥王家信。

那天我在王家齊辦公室，除了大學教授，他也幫一個基金會處理例行公務，我去採訪，聊得正高興，祕書扭捏進來說：

「教授，你大哥又來了。」

聽得出語氣無奈，聽得出其中的「又」。

跟在祕書後面，大哥提著幾個塑膠袋進來，往王家齊大辦公桌對面一坐，塑膠袋堆在桌上。

「老三，給我姪女波波的，不准推，她愛吃蔥油餅，我特地去餐廳買。人家本來不肯，說不單賣蔥油餅，我跟他們『盧』，我說是送我弟王家齊，電視上名嘴那個王家齊。看，你的名字多管用，他們一聽就賣了。」

「哥，真的不用，天氣熱，你騎車，太曬。」

我笑著向王家信點頭致意。

「記者，採訪王教授。」

他很客氣，從包裡又拿出被蔥油餅浸得油膩膩的紙袋。

「見者有分。收著，全台北，這家最好吃，餅又厚蔥又多。」

接著王家信開始聊起家常，我該走了。

王家齊送我出去，尷尬地一再道歉。

「我哥總是這樣，他在台電，年資深，升不成主管，休假又多，沒事就往我這裡跑。」

從此我知道王家齊有個愛照顧姪女的哥哥，而且非常。

幾個月後我和王家齊約好吃中飯，到他公司接他，王家信也在，桌上又是好幾個塑膠袋。

「你家波波上次說要慢跑鞋，你看，我記得她鞋子號碼，銳跑沒錯吧？外面貴得要命，我翻遍夜市買到，五折，粉紅色。」

「謝啦！哥，波波長大了，不愛粉紅色，而且她已經買了。」

「為什麼不愛粉紅色？多一雙鞋不是更好？跟你講話老是講一半卡住，算了，晚上我送去你家。她幾點放學？」

中飯吃了一個半小時，談的話題幾乎全是他哥，那個熱心的王家信。

王家兩男一女，小妹去美國念書找到工作，落地生根。老二王家齊自稱勉強混出點名堂，急著抓住屬於他人生高峰的十五分鐘。

安迪．沃荷的名言，未來每個人都有成名的十五分鐘。很多人經歷過，很多人不小心讓十五分鐘從指縫間溜走。

大哥家信人生波折些，公務員其實也不錯，壞就壞在他五十二歲時離婚，兒女跟著母親去香港，從此他像秋天的蟬，叫不響，飛不遠。

王家信有句名言：

是我成全家齊，不然現在當教授的是我。

王家小康，在王伯伯經營的外銷成衣工廠轉型接國外名牌的代工前，要籌一百萬送兒女去美國念書的確不輕鬆，加上王家信功課不頂好，上補習班考托福和 IELTS，成績都不理想。沒辦法出國，機緣湊巧考進台電，也覺得不錯。

如果不想升官發財，當個安逸的小公務員真的不錯，不過很少人不想升官發財。

等王家齊服完兵役，王家經濟條件好多了，當然送老二出去念書。王家齊不負父母期望，碩士念完再念博士，這時小女兒大學畢業，跟著二哥腳步也去了。後來小妹拿到碩士，父母成衣代工生意被大陸、越南搶走，幸好負擔也不大，加減也是做。

小妹在美國結婚，父母高興地去參加，王家信留下，他走不開。到底是工作讓他走不開，還是那時他已和妻子鬧得不愉快，沒法走，王家齊不清楚，坦白說，他根本不想問。

父母收了工廠，賣了房子，移民去美國和女兒過日子，順便當外孫的保姆，幾年後王家信離婚，事情開始變得複雜。

「我哥說當年我爸媽不讓他出國，省下錢讓我出去。我的博士是他犧牲自己成就我。」

「我哥質疑我爸媽是不是賣了台灣房子分給我錢，為什麼他沒有。」

「老大就該倒楣，就該吃虧？他嘮叨了好幾年，我爸媽乾脆不回台灣，老人家怕煩。」

關鍵在於——

「他真的為你而沒出國念書？」我好奇地問。

「這要看怎麼算。我退伍那年他已經進台電，我爸說，只能供一個兒子出國，你們兩個誰去？我哥說家齊功課好，讓他。」

「難怪。」

「更糟的是他後面補了一句，以後還我。」

「還了沒？」

若說出國，王家齊還了。他付團費讓大哥去日本賞櫻，買機票送大哥去香港探視跟著前妻的兒女。

剩下一個尾巴問題：該「還」到什麼時候呢？

王家齊上電視成了教授級名嘴，慢慢有了知名度，大哥便四處炫燿有個三高老弟：收入高（確實比記者薪水高）、個子高（一七六，也至少比我高）、知名度高（當然）。在同事、朋友慫恿下，王家信吃飯喝酒總邀王家齊參加。

一開始王家齊覺得不便拒絕，去了，整晚聽他哥反覆地說：

「他現在這點成就，是我讓給他的。去美國念書，排隊也該我排第一。家齊，你哥沒說錯吧？你們看，我們兄弟感情多好，兄友弟恭。老弟，今天晚上你埋單，這些朋友都是你粉絲。」

吃完飯，我拍拍王家齊的背，「有這樣的哥哥，換成我，也只有認了。」

我這麼安慰他，兩個原因，一，不然和老哥翻臉嗎？二，羨慕與嫉妒原來就是一體兩面，還好是自己親人，不像公司裡、朋友圈，總有人來陰的。

解決方式倒也不難，拒絕去當餐桌公關，拒絕每次埋單，不去就是了。

連續三個月沒見到大哥，還是另一位教授告訴王家齊：

「昨天吃飯，隔壁桌的人自稱是你大哥，說你忘恩負義。」

要是王家齊認了哥哥酒後數落他忘恩負義，事情還好辦，偏他極力保護「十五分鐘」的社會形象，加上大哥打電話去美國向父母告狀，老媽找上二兒子：

「齊齊，你怎麼回事？我們不在台灣，你哥又遇上那種女人，六十歲的人孤苦伶仃，替我們照顧他。嫌煩，看不起你哥窮？你紅了，忙了，陪你哥吃個飯不合你身分？他是你大哥！」

找到大哥家，他一人窩在沙發上看電視，完全沒表現不爽，他拉著弟弟坐下：

「好久不見，家齊，難得來，陪我喝兩杯。在台灣就只我們兄弟兩人，應該彼此關照。我燉了雞湯，你天天忙，喝一碗，補元氣。」

王家齊的噩夢又開始了。王家信不用社群軟體，不傳簡訊，從來都是直接撥手機號碼。第一句大多是：

「快，我們王處長久仰你，來幫大哥捧個場。」

「你家波波要什麼，正好我在 SOGO，衣服、鞋子，你是她爸，你瞭解她，告訴我，順手就買了，跟我客氣什麼。」

「明天我休假，你上哪一台節目，我去看你。」

應酬原本就是累人的事，應酬親兄弟更累，只要回絕，王家信馬上變了口氣：

「今天不行？才八點。讓我跟弟妹說，陪自己大哥會出什麼事。出來一下，十點以前送你回去。」

王家信尤其關心弟弟的生活。王家齊換了新車，王家信不曉得從哪裡得知，王家齊正在化妝等著上節目，手機響了：

「你換新車了，舊的那輛呢？」

「賣了。」

「那麼好的車你賣了？不先告訴我，賣給我多好。星期六同事約好去八斗子吃海鮮，我們一起去。我同事你都認識，大家說你講話風趣，我坐你車，誰叫你舊車不賣我。」

「晚點我叩你，要上節目了。」

「幫我想想怎麼辦，快瘋了我。」

我想不出辦法，或許替他哥找個女朋友，可以轉移注意力。

「介紹過，更慘，他女朋友的同事聚餐我也得去。」

愛熱鬧的人也許不在意，但王家齊的個性比較悶，不喜歡跟不熟的人聊天打屁。假如家裡客廳坐了頭大象，他回到家會坐在大象旁邊一起看電視，睏了，對大象說：

「我去睡了，記得關電視。」

很少人受得了我在海邊的住處，他例外，坐在陽台喝咖啡，很久才說：

「我剛剛是不是聽到蟬叫？」

「大教授，恭喜你的新發現。現在夏天，OK？」

螢幕裡外，同一張臉孔，不見得是同一個人。

王家信在王家齊的生活之中，占的比重高嗎？我算過，一周至少得應付兩次，無論去當酒家男或王家信到基金會找他聊天，一次二小時計算，一周不過四小時，打起精神應付吧！

「你的數學跟誰學的？一天二十四小時，我非睡足八小時不可。」

應該。

「上課、基金會的事，一天八小時，加上交通，十小時。」

差不多。

「上廁所、洗澡、吃飯、刷牙、上網、講手機，不包括應酬，一天至少兩小時吧？」

很緊，我上廁所就一小時。

「一周上兩次節目，每次加上交通、化妝什麼的，三小時合理嗎？」

我不上電視，沒概念。

「用你不知跟誰學的數學再算一次，我一周剩幾小時。」

周一到周五，每天八加十加二，等於二十，二十四減二十，每天剩四小時，五天就二十小時，扣掉上節目兩個三小時，剩下十四小時，為哥哥付出十四分之四，大約三分之一。

「還有周六和周日啊！」我說。

「你有周六和周日，我不能有周六和周日？」

同意，哥哥占的比重太高。

「你哥沒有嗜好嗎？」

「你沒發現？我就是他的嗜好。」

「請你爸媽跟他溝通，老二有老二的事，很忙，不要常打擾。」

「說不通，上次視訊我跟我媽說王家信老是對人說我去美國念書，是他犧牲自己機會，成就了我。猜我媽怎麼說？」

「你媽呀，我猜她罵老大。」

「不，我媽說，是啊，是你哥讓給你的。」

講不下去。

「這不算，有天我向老婆抱怨，她回我，你該感謝你哥，你和你妹去美國那麼多年，你爸媽都靠他照顧。」

更講不下去。

「我 LINE 我妹，至少我得有個情緒出口。猜她怎麼說？」

「她請你卡忍耐。」

「又猜錯，她說二哥，你一個大哥而已，我這裡有兩老，要不要交換。」

他妹夠狠。

最近經過基金會，恰好王家齊在，進去喝杯咖啡，沒想到王家信也來了，手上依然提了大包小包，

「家齊，替你老婆買的，這家水餃好，不接受網路訂貨，得去他店排隊買，你老婆愛韭黃的，買了兩盒四十顆。」

「淑宜愛吃韭黃水餃？」

「上次她跟我說的，你不知道她愛吃韭黃的？什麼老公。」

另一大包傳出濃郁大蒜味。

「淑宜他爸的排骨酥，中崙市場的。怎麼樣，幫你做娘家公關，夠意思吧？爸媽不在台灣，我代表王家聯絡親家感情。」

「大哥，別再買了吧！」

「奇怪，又不是買給你。中午了，走，吃飯去。」

「我朋友在。」

「這位朋友是記者對吧？」

「退休了。」

「光陰似箭。一起來。家齊，去你公司巷口那家。」

「不要吧……」

後來進了巷口的餐廳，了解王家齊為什麼說「不要吧」，因為還沒坐定，王家信便對餐廳經理喊：

「認識這位吧？電視名嘴王家齊，我老弟。你們有什麼招牌菜？」

很久沒和王家齊聯絡，他也鮮少上電視，聽說和電視台的政治立場不一致。這也好，王家信不能再拖著他到處介紹：

這是我弟，他的成就來自我的犧牲。

王家齊呢，說不定有更多時間讓他重建兄弟情誼，至少不必再當老哥的花瓶，無論去哪都尷尬接受老哥喊著：

「這位大教授，電視名嘴，我老弟。」

從王家信的角度思考，弟弟是他在台唯一血親，他家裡會念書的那個，以弟弟為榮，吹噓一下，捧抬自己一下，又怎樣？而且他一直關心弟弟家人，除了王家齊，老婆淑宜與女兒波波說不定愛死這位大伯。不過王家信為何一再宣稱弟弟的成就來自他的犧牲，雖可能講講笑話，久了，令人難以忍受。

與善惡、體貼與否無關，有些人就是喜歡讓愛他的人時時產生罪惡感，沒惡意，單純的個性如此。

兄弟你欠我的，你一輩子洗不清的罪惡。

我一路提拔你，這點事你也做不了，沒出息

——激起你迎合他的欲望

「開戰了，你選哪一邊？」

「別辜負我的期待！」

當兵時進入新兵訓練中心，六個星期之中，第一個星期完全喪失思考能力，小至內務，大到出操，按照班長說的去做，不必多想，不能多想。第二個星期痛苦，適應了環境，大腦隨之展開運作，覺得還有四個多星期，懷疑能否撐下去。

有一個人幫助我融入單調、勞累的每日訓練課程。我們每天上午得跑五千公尺，言語暴力的班長在隊伍中間喊：

「不要跑得比別人快，不要跑得比別人慢，我抓最後一名。」

班長說不定根本不知他這句話包含多深的團體生活哲理。

他要求大家跑在一起，跑一千公尺可以，跑五千公尺則必有人跑在前面，必有人跟不上大部分人的速度，因此他放寬範圍，在不要比別人快與最後一名之間，我們便能縮小差距，心理上跑步變得不那麼痛苦。

這句話同時說明團體裡，槍打出頭鳥，如果工作績效不至於差到令人難以忍受，擠在中間的同溫層，自能減輕壓力。

不容易做到。有些人刻意跑第一，天生的第一名，不在乎其他人差他多遠，第一名對他有說不出的吸引力。有些人存心想混，或者能力太差，老是吊車尾。我當過第一名，也當過最後一名，前者太累，得守住大家以第一名看待我的期待，忘記自己想要什麼，後者天天提心吊膽，被整個團體背棄，徬徨、孤獨。

在中間最舒服，跟著其他人一起起伏，像在棒球場玩波浪舞，明確感受自己是團體一員，只要大家站起我也起立，舉起兩手歡呼，再坐下，玩得開心。

辦公室文化動人之處在於波浪舞，令人髮指之處，在於不知道自己是不是最後一名，若是第一名，又得提防是不是有人跟得太緊，想超越我。

韓劇《我的出走日記》，三名一心想搬到首爾的兄妹與逃出首爾的孫錫久，前者處於團體中後段，忙著尋找於大都市的位置，孫錫久曾經第一名，卻逃出令人窒息的壓力，到郊區享受每天做工不必思考的日子。

加入與逃出，逃出再加入，現代都會人無不如此，我們之所以存在，原來就是為了尋找存在感。

年輕時轉業被挖角到一家大媒體，第一個星期憑直覺做事，大腦未展開運作，到第二個星期，一位照顧後進者的前輩拉我到旁邊：

「你坐錯了椅子，高背椅是長官坐的。」

進新單位，我分到一張桌子和椅子，但椅子的靠背太傾斜，靠不到背，坐著寫稿時頗費力，看到角落堆著幾張空椅子，我挑了其中最舒服的一把換過來，怎麼也沒想到椅子代表階級。

採訪同事有各自的路線，我沒有，好奇問主管我該跑哪條線的新聞，他瞪大眼看我，有如兔子看見烏龜：

「高薪挖你來，這個你也問？」

好吧，我看哪裡有新聞就去挖。

照顧我的前輩又拉我到一旁：

「棒球是XXX的線，影劇是YYY的線，一個月，你把所有人的線都踩了，不想混啦？」

恍然大悟，主管挖我來的用意之一是他需要一隻搞不清狀況的兔子，悶著頭往前跑，其他睡午覺的、跑得不夠快的兔子就不能不提起精神。

一年後我發現團體內沒人跑軍事新聞，找個機會我鑽進去，從此成為獨一無二，別人不羨慕，也不再惹人討厭的軍事記者。

三年後單位調整人事，我升任專題組主任，照顧我的前輩則是新聞組主任，看似很好，其中暗潮洶湧。之前只有採訪組，大主管刻意將採訪組分成專題和新聞兩個組，擺明了要我和前輩鬥爭──講好聽點，競爭。

公司文化形式上經常如同絞肉機，我們是輸送帶上的兔子，只能前進。還以為跑快點能吃更多胡蘿蔔。

不想跑？成天窩在小辦公室的主管會打你桌面的電話：

「小張，進來一下。」

我坐進他的房間，拉上窗簾，大白天，只桌面一盞檯燈照著他的下巴。

「我對你的期望超過其他同事，你要爭氣。」

他的臉孔陰暗，講話時噴出雪茄味。

「小張，其他人對你吃味，進來三年就升主任，我也有壓力，懂嗎？」

懂，我欠他的，無論我的升官、加薪是不是自己努力爭取來的，這時，他迂迴地提醒：我的存在，以前、現在與以後，原來都來自於他呀！

下面是一位年輕朋友的經歷：

*

傑克進公司三年，這天黃科長找他：

「李經理和總經理幹上了，知道該怎麼做吧？」

業務部李經理和總經理不和，全公司大概只有半夜出現的老鼠不清楚。

最初是對開發新產品的意見不同，慢慢擴大成任何事都彼此看不順眼，更重要的，李經理和總經理同期進公司，三十年後李經理覺得等這麼久，該輪到他當總經理了。

剛進公司一個月，有天科長打內線電話給傑克，語氣尋常：「傑克，晚上一起吃飯，同事間培養感情，沒別的事。」

對於新人，能夠有機會參與同事間聯誼活動當然參加。他準時八點抵達，發現李經理竟然也在，而且主動對他點頭示意，從此事情日趨複雜化。

吃飯當晚，大家閒聊，李經理似乎沒有官架子，也和傑克聊了幾句，問了他的學歷和家世，如此而已。

半年後，對於公司文化欠缺敏感度的傑克才發現，原來其他單位的同事已經將他歸類為「李經理的人」。

屬於誰的人，沒什麼了不起，公司內分成四個派系，總經理的人、業務部李經理的人、財務部黃副總的人，第四個，看起來不屬於以上三個派系的人，他們大多沉默寡言，很少與同事打交道，下班即離開，不與同事交際，休息時一個人坐在茶水間喝三合一咖啡。

邊緣人，不被派系認可的屬於邊緣人，大家會跟他們哈啦，但中午吃飯或晚上喝酒絕不會找他們。不過誰也不願得罪邊緣人，大家心照不宣，因為還有一種潛水艇人，可能是董事長的暗樁，可能是其他董事的眼線，誰知道邊緣人裡面是不是安插了潛水艇人。

這些派系間有直接的利益衝突嗎？平常沒什麼，不過就是團體聚會不在一起罷了，工作上仍相互聯繫，除非關係到權力爭奪。

受李經理提拔，傑克在第二年升任小主管，第三年傳言他將接股長，如果成真，他的薪水增加，交際費預算也增加。看來遠景可期。

李經理和總經理公然槓上，主因當然是李經理往董事長那裡走得太勤，惹總經理不舒服。

兩位大主管照樣揖讓而升退而飲，他們下面的就明刀明槍幹開了，挖對方瘡疤，傳辦公室緋聞，老招術，據說仍十分管用。傑克覺得同一公司，這樣不太好，徒然削弱感情，分散工作團結力。科長私下告訴他，總經理無中生有逮住李經理廣告收入有問題：

「他先開戰。」

一般來說公司的廣告收入進財務部，再於每一季分出業務員的佣金。總經理查帳，找出百分之三十的廣告收入來自同一家代理公司，再查這家代理公司的底細，抓到代理公司的負責人竟是李經理的小舅子。

媒體這行業，收入主要來自三塊：發行收入，也就是網路訂戶每年繳的訂戶費。訂戶數量愈大，內容點擊率愈高，廣告隨之增多，廣告價格也高，因而廣告收入遠高於發行收入，為公司主要收益來源。第三塊是活動收入，經常和廣告掛在一起。

出現的問題在廣告收入，大部分客戶透過公司內部或外面的廣告代理公司訂廣告版面與價格，有些代理公司規模大，受到許多大公司信賴，也有小的代理公司專門幫某些小廠商代發廣告，不足為奇。

總經理與李經理的爭執在於，三分之一的廣告收入來自李經理小舅子的公司，用行話說，李經理搞小金庫。

當廣告收入先進代理公司，扣除代理公司佣金，再撥到媒體。李經理領導的業務部負責廣告，A公司廣告費用透過李經理小舅子的公司扣下佣金，再發至本公司，一方面占公司便宜，另一方面李經理逐漸控制廣告來源，對公司形成威脅。

李經理的說法很簡單，他小舅子本來就經營廣告代理公司，替客戶分析媒體利用績效，能多分廣告至本公司，應該感謝他小舅子的幫忙。

上層鬥爭和傑克八竿子打不著關係，不過傑克上面的股長小陳令李經理看不順眼，據說小陳是總經理的人。

科長找傑克吃飯，明說：

「你的業務量直追小陳，想辦法把小陳幹掉。」

怎麼幹掉？

「這種事也要我教？抓出他小辮子，像交際費進私人荷包、三節送禮他送給誰，到底送了沒。」

傑克不願幹掉小陳，從進公司那天起小陳便照顧他，介紹客戶、教傑克如何分配廣告。像客戶喜歡將廣告集中於旺季，這樣秋天換季，廣告量激增，但業務員拿的獎金有上限規定，超過上限，說好聽是效忠公司，說難聽就是淡季時吃什麼？

懂了，旺季時客戶廣告照樣刊登收廣告費，對公司則可以利用贈送廣告的版面。

訂單大的客戶，公司規定買三送一，旺季時儘可能夾進送的「一」，不計收入，淡季時多用買的「三」，平均下來，業務員的業績不會平白超過上限，保障每季獎金的平均數，免得被公司吃光。

要傑克幹掉小陳，他不願意，他用拖的，科長催，隨便應付。科長火了，說得更白：

「廣告代理公司就是小陳向總經理打的報告，不幹掉他，我們業務部整盤被總經理端走。」

鬥爭愈來愈劇烈，李經理也找傑克，絕口不提幹掉小陳的事，只說：

「年輕人，幹勁十足，不枉我提拔你。」

傑克是他提拔的，否則他仍在最底層的地獄，沒有派系庇護，每天中午一個人出去吃飯，休息時一個人窩在茶水間喝三合一。

老張是李經理派系裡最突出的一人，年紀大，業績平平，每次聚餐或喝酒，他比服務人員的服務更好，站在李經理旁倒酒、講奉承話，傑克本來看不起老張，林小姐有次好心對他說：

「每個人都有生存方法，老張的孩子還小，他為孩子。」

如兜頭澆了一盆冷水，傑克從此對老張換了態度。

現在他得學老張，聽李經理的話幹掉小陳嗎？

以李經理為中心的聚餐活動一天比一天頻繁，他的人馬似乎全部動員，即將大開殺戒。

傑克又收到一個訊息，公司裡沒有人像他這麼順利，三年資歷就成為股長潛力人選。

感謝李經理啊！

可能鬥得激烈，有天李經理叫傑克進他辦公室，劈頭便問：

「為什麼不幹掉小陳？」

傑克誠實回答：

「小陳很好，而且我不喜歡當主管。」

李經理冷冷地盯著他：

「你姐姐要我照顧你，她是我高中同學，要我千萬別讓你知道，今天你知道了，姐姐多關心你，結果你這樣子。」

傑克忽然覺得羞愧，他對不起李經理，對不起派系，還對不起姐姐。

晚上坐在電腦前思考如何將小陳浮報交際費、送客戶禮物其實送去女朋友家的瑣碎事情寫成報告送交董事長。

不寫，得罪李經理與他的整個派系，以後日子難過。寫，祕書室人人大嘴巴，很快大家知道他是抓耙子。

傑克想，自己不曾亂報交際費嗎？不曾接下廣告，私下賺了定價與優惠價之間的差價嗎？

但李經理提拔他，李經理是姐姐高中同學。

沒有硝煙的戰爭很快結束，李經理提前退休，他的派系徹底瓦解。

最後一天上班，李經理把傑克叫進他辦公室，

「沒想到你這麼沒出息。」

我認識傑克，替他說幾句話吧！

傑克喜歡登山，愛自由自在過日子，應付派系內的聚餐就已經夠難過，還得半夜到李經理家喝茶聊下個月業績，這是向長官交心的必要程序。他曾經想，當經理真累人，半夜請同事去家裡喝茶？喝一肚子尿晚上怎麼睡？

更別說幹掉別人以便自己當主管的野心。老天，想到當主管，他就一個頭兩個大。可是提拔他的人對他有期望，超出他期待的期望。

傑克想到一旦當了股長，他得為新增的業務數目傷腦筋，雖然獎金增多，他寧可在有限的獎金底下過從容的日子，這點可以對長官說嗎？

一星期得三天半夜去喝茶喝酒，他不想，假日他得早起爬山，這點能對長官說嗎？

你好吃懶做、敷衍公事，你根本躺平族。

不能說，說了誰想用不知長進的俗辣。

傑克，從你進公司那天我就覺得你行，別辜負我的期待。

許多同事合資歡送李經理退休，幾乎都是派系裡的人，少了一些，但傑克決定至少最後該表示感謝李經理的提拔。他坐在長桌最角落位置，安靜喝酒，安靜聽其他同事歌頌李經理的豐功偉績。

一向巴結李經理的老張仍像忠心家臣守在李經理身後，隨時添酒，隨時夾菜。傑克不能不佩服老張，沒在李經理失勢時投靠其他主管。

林小姐悄悄對他說，沒人會對老張怎麼樣，因為任何人當主管，老張都那個樣子，主管需要這種人。

李經理瞧也不瞧傑克一眼，其他人也多把傑克當空氣，那天晚上是傑克人生中最難過的一天，尤其當李經理酒醉對著他吼：

「背叛者！」

重新再看傑克在這場職場鬥爭中的角色，除非本事大到某個程度，由老闆主動選擇你，否則小職員就得選擇依靠哪位主管獲利大。千萬別以為可以置身事外當個沒有派系的中間人，大多死得難看。

職場人的中間人只有一個，老闆。

李經理對傑克好，提拔的恩情、姐姐的關係，如果傑克努力在鬥爭中勇敢出戰，說不定扭轉戰局，不負李經理的提拔。

最終得回到傑克的個性，他要什麼，要成就？要自己？

個性呀，勉強不來。

李經理走了之後呢？

整個前李經理派系對他變得冷淡，其他派系聽說了，覺得傑克是個不可信賴的夥伴。

傑克不再下班參加同事間的聯誼活動，他買掛耳咖啡包進茶水間沖泡，捧咖啡杯回自己座位慢慢喝。他照樣爬山，照樣享受屬於個人的自由，不能不說，有時他想念有人照顧的感覺。

唯一繼續對他好的是小陳，傑克心服口服，小陳是天生業務員，長袖善舞，敢跟總經理開玩笑，敢拉著大客戶去釣魚。有小陳在前面擋著風雨，傑克不在意其他人冷淡的態度，公司裡只有小陳一個朋友又怎樣？不是很快樂。

……對，再過幾年，小陳升官了，萬一小陳要傑克接他位子。

……對，傑克在不知不覺中成了小陳派系的一員。

……對，會有那麼一天小陳對他說，傑克，你非幫我一個忙不可。

……對，小陳叫他進辦公室破口大罵：叫你幹掉他，你是怎樣？想一輩子當老二？拜託長大好嗎？

主管大致可分兩種，嚴厲的，對同事要求極高，不假辭色；和善的，利用人情讓同事樂於為他做事。

就像那個，北風和太陽的故事，他們打賭誰能讓路上的行人脫掉外套，北風用力吹，想吹掉行人的外套；太陽曬，曬得行人不得不脫下外套。

因此我們身在職場便逃不開北風或太陽，我們開始愈來愈晚回家，對老婆或老公說，沒辦法，死王八蛋經理找我們去喝酒。

我們既期待長官關愛的眼神，也懼怕眼神的背後藏著看不見底的要求。

換個角度說，欠的要付出，我們永遠欠主管提拔的人情。

＊

我並不厭惡公司的內部文化，三個人以上必有競爭，何況大多數老闆喜歡見他的員工為升遷而鬥爭。

沒有鬥爭就沒有進步。

曾經問過一位前輩，如何躲開主管的期待，一個人安靜地工作？他回答得相當精闢：

「那你得有比一般人更吃苦耐勞的工作能力，比一般人更有膽量擔起風險，你，學我當自助客。」

他是 SOHO 族，接外面案子，忙的時候一天工作十六小時，沒案子的時候，閒到能聽見錢消失的「咻」的聲音。

打不過它，就加入它。

我們在許多人期望中成長，期望讓我們找到自己的存在並因此滿足。期望有其沉重的重量，總有一天要為期望付出代價，俄國短篇小說家契訶夫寫過：

「人們厭煩了平靜，期望來場暴風雨；厭煩了正襟危坐，就期望騷動。」

人生大致如契訶夫寫的，最會沒事找事的動物就只有人類，既然生事，自然得付出代價，學會付出代價時盡量坦然，欠的，總要付出。

特斯拉汽車的馬斯克說過一句名言：

「要嘛參與，否則旁觀。」

不是早告訴你嗎？就知道！

——挑戰你的容忍極限

「我早跟你講過。」
「看吧。你就是這樣。」

有種人我姑且稱之為「先知」，我們崇拜他，我們敬仰他，我們也受夠他。

「先知」原義為有預見未來能力的人，代表學識豐富、智慧高於一般人，也因此眼睛內的瞳孔往上吊，用眼白乃至於下巴看世界。地球以他們為中心旋轉，老天若想下雨颳風，必先和他們商量。要是晚上忽然變天，你在街上受凍淋雨冒著狂風跑回家，以為能得到溫暖，不料先知坐在客廳冷眼看你：

「寒流來也不知道，凍死活該。」

再說明一下，我這裡說的「先知」未必學養勝過你還是阿忠，智慧甚至低於我和老朱的平均值，但凡事他都「先知」。

欣華與典典從大學時代即為室友，畢業後到台北工作也繼續一起租屋居住，可以說交情深厚到共用一個杯子。欣華認識女友素素，再由素素介紹薇薇給典典，兩對情侶一起看電影，一起約會，誰也沒料到這麼好的交情最終鬧得分居、不再說話、互刪好友。

典典做事較粗枝大葉，有天走在路上看手機，不料被路人撞了一下，手機落地摔出螢幕幾條細紋並無法開機。他既憤怒又痛心地回到住處，對欣華說了這起意外，這時欣華回應：

「不是早告訴你買斜背的手機袋嗎，不是告訴你走路別看手機嗎，不是叫你別買貴森森的蘋果機嗎？你就是不聽。」

然後欣華再罵：

「誰撞你，抓住那傢伙沒，叫他賠。」

典典來不及回答，欣華又接著說：

「沒抓住對不對？你就是這樣，沒膽！現在怎麼辦？」

分析事件的重心：

典典手機摔了，螢幕出現裂紋無法開機，他當然心痛、難過，對欣華說出此事，希望得到協助，如果欣華換一種態度：

「螢幕出現裂紋？我看看。嗯，我認識一家修理店說不定能救你手機。」

或者欣華採取這種態度：

「別急，手機裡的檔案備份沒？快救檔案，我的舊手機先借你。」

最壞最壞，欣華該這麼表示：

「靠，有夠衰小。要不要我幫忙湊錢買新的？」

至少典典最不想聽到的是：

「早告訴你不要ＸＸ，ＸＸＸＸ！」

你我都可能當過「先知」，有的說不定已經被朋友家人超渡，有的頑固到非升級成類上帝不可。

朋友遇到麻煩，想得到協助，以最快速度找出解決方法，而不是追究事情為何發生。用偵探小說情節比喻吧，警探趕到槍戰現場，見同事中彈躺在血泊中，請問，他該馬上叫救護車救同事，還是抓起只剩一口的同事衣領罵：

「你他媽就是不聽我的話，又逞強一個人追逃犯。說，誰開槍崩你？打你幾槍？打到哪裡？你覺得還能活幾分鐘？操，弄得我一手血。」

——這種朋友，像話嘛。

先知存在於各個角落，例如你打個噴嚏，他立刻「先知」：

「叫你少喝酒，不聽，又喝了對不對？」

先知不會說抽屜內有感冒藥、維他命C，不會問你要不要去診所。

例如你打完第一個噴嚏，又打了第二個，他就「超級先知」了：

「是不是對你說過五月底以前不要穿短褲？隨時會變天。是不是叫你不管衛福部怎麼說，到哪裡都要戴口罩？」

超級先知不會替你找來感冒藥，送上熱開水，勸你去泡個熱水澡。

例如你居然再打了第三個噴嚏，這時他從超級先知升級為類上帝：

「就知道你騎車不穿外套，早叫你買全罩式安全帽，不聽嘛！」

類上帝不會幫你找出健保卡帶你去診所。

對，這裡所說的先知和類上帝，用比較親民的名詞說明：馬後炮。

你每次出了什麼事向馬後炮先生或馬後炮小姐告解，得到的不是解決方法，而是加重你的罪惡感，他們特愛判刑，不懂安慰。

馬先生出國，你好心開車載他去機場，不料途中爆胎，有以下幾種處理態度：

A 停車於路邊，馬先生幫你趕快換備胎。

B 找道路救援，把車子拖離公路找輪胎行換胎，馬先生則自行叫計程車趕去機場。

C 馬先生撥手機給你們共同的朋友說：操，猜猜老張的破車出了什麼狀況？還想送我去機場，存心害我。

因為他是馬後炮後先生，因為馬後炮先生脫胎於先知和類上帝，他的態度：

D早叫你去檢查輪胎，我他媽就是太信任你，看，我快趕不上飛機。就知道坐你的車一定倒楣。

如果馬先生是你的父母或長輩，同為一家人，你說不定嗆回去：

「不幫忙換胎，廢屁啊。」

如果馬先生是你的好朋友，勢必顧及日後相處的和睦而忍氣吞聲——聽過姑息養奸這句話吧，未立刻回嗆馬先生，下次他可能升級為比先知更偉大的占卜師、算命師、陰陽師。

典典忘記帶手機，上班中途折回家，喘著氣衝進屋找手機，恰好欣華在客廳，典典隨口問：

「看到我手機沒？」

欣華二話不說立馬變身占卜師對典典的手機測算出下落：

「你又不裝手機袋，又不早十分鐘出門，早就叫你不要耍帥插後褲袋，手機一定掉在路上，不然掉在捷運，不信你去捷運問。要是你運氣好說不定有人撿到交給捷運站。你運氣不會一直那麼好，我保證你手機找不回來了。」

典典進房拿出正在充電的手機，對欣華搖搖，沒空嗆他，趕著去上班，你仍聽得到他在你身後說：

「這次你好命，下次你死得很難看。」

於是欣華從占卜師再變身為你老師卡好的那位老師。

馬先生若是你父母之類的長輩，開頭語大多是：

「我早跟你講過。」

馬先生若是你的朋友，開頭語大多是：

「早猜到——」或「你看——」

我曾經當過幾年馬先生，我習慣這樣開頭：

「看吧。」

別說你沒當過馬先生，我聽過有陣子你常說：

「你嘛卡好心——」

面對這類長輩、朋友，為了避免翻臉，最初我們對他們的「我早跟你講過」當耳邊風，裝沒聽見。久了，實在太煩，又想繼續設法維持關係，遇到想尋求協助或安慰的事情不再對他們說，要是他從別的朋友那裡聽到，馬先生說不定這麼對其他人說：

「我早對老張講過五萬次，你們看——」

這樣還可以勉強假裝沒聽到，維持情誼，不幸哪，有種馬先生會找上你罵你不夠朋友：

「手機又摔了對不對？為什麼不告訴我？不敢對不對？你就是這樣——」

哪位仁人君子願意對馬先生說說，他的先知態度，影響已經很不爽的朋友更加情緒低落，實在——

揪揪揪，揪賭爛。

別笑，你我都可能不知不覺放起馬後炮，還自認關心朋友。前陣子我一位朋友參加某家旅行社的團去日本玩，回來後罵得七竅生煙，一路上吃的不好，住的不好，價錢還比別家貴。我聽完，直覺回了一句：

「誰叫你找那家旅行社。」

話出口便知道不對，我，改姓馬了——這樣對姓馬的不恭敬，我改姓炮了。

另一種狀況較常發生於長輩，我算長輩，有位年輕朋友愛吃炸雞、鹽酥雞，我道貌岸然地提醒他，吃太多炸物不好，並以我自身為例，「你看，我三十五歲起不吃火鍋，四十歲起不喝奶茶，五十歲生那天起嚴禁接觸油炸食物，不然早就三高進醫院裝支架。」這天他咳嗽得厲害，我該死的直覺又讓我說：

「是不是又吃鹽酥雞啦？不是告訴過你我三十五歲起……我七十五歲起

不吃不喝成仙了。」

幸好沒補下面這句：

「叫你別吃偏不聽，活該。」

在朋友面前，我近乎上帝，對別人犯的錯能於三秒鐘內判定錯的來源並且大聲宣判：

活該！

遇到問題應先尋找解決方法，解決之後再探討原因。

回到偵探小說的進行公式：偵探見到同事被槍傷，第一優先為搶救同事，否則無論偵探多偉大、多福爾摩斯，都不討人喜歡。第二是抓到凶手，解決問題。最後才是探討同事為何被凶手槍傷：執勤時喝酒遇歹徒持槍要脅而無法立即反應？使用警槍的時機不對？

老婆半夜咳嗽，我揪她起床，指餐桌上的一袋食物：

「又吃花生米對不對？」

老婆咳得氣喘吁吁，我則用力打開冰箱指著裡面的一盒水果：

「睡覺前吃鳳梨對不對？這家的鳳梨太甜，以後不准買。」

老婆咳出一口布滿血絲的痰，我則拉開冰櫃：

「半桶冰淇淋被妳吃光，妳不咳誰咳！」

垂死邊緣的老婆經過一番急救，咳嗽好了，昨天她喝水時不小心嗆到，我馬上轉頭看她：

「花生米藏在哪裡？」

——是的，我完全同意老婆早該休掉我這種男人。

媽滴，跟這種男人生活在一起，和坐牢有什麼差別？

無論先知、類上帝，乃至於馬後炮的這位炮先生，有一共同特徵，很容易辨識：他們都長了一張臭臉。

用台語更精確：屎面。

遇到事情，在他們數落朋友之前，屎面先出現。他的屎面，我能用比海明威、費滋傑羅更精準的文辭形容：

兩人走在人行道，你不小心踩到狗屎，舉起腳看鞋底時，居然發現你踩到的狗屎在我臉上。

我不會摸出衛生紙給你擦鞋底，不會四處尋找水源讓你洗鞋底，我照例捏緊鼻子指著你：

「看，叫你走路看路！」

這就算了，我還可能掏出手機拍你踩到狗屎的鞋底，上傳群組：

「哈，猜誰踩到狗屎了。」

三個月後，見到從國外回來的小蔡，我急著告訴他：

「當心他的鞋子，猜他鞋底踩到什麼？」

朋友間打麻將，偶爾遇到先知，他愛找個對象，想盡辦法用言語戳、刺、擠、踹。他總這麼說：

「媽的小張，聽二五餅對不對？別裝了。」

小張忍住，保持風度笑嘻嘻說，等我胡了你就知道是不是聽二五餅。

隔不了多久先知攤開手中兩張二餅又說：

「別等了，你又聽二五餅對吧，沒希望了。」

小張握緊拳頭再鬆開：

「哇，你有兩張二餅，了不起。」

下一圈先知又開口：

「你偏愛餅子？我寧可不胡了也不放給你。」

他是麻將先知，我沒意見，但他用言語一再挑釁，非把人逼到發瘋邊緣，這樣打麻將既不衛生也不有趣了。

要是你們不認識我那位寶貝先知朋友大寶，終身遺憾，大寶的「天生我才必有用」在於能看穿每個男人的心思，大學時他對我說：

「呷意法文系的蜜雪兒對不對？去請她喝咖啡啊。」

我懶得理他。

大寶先知對我們班上其他人說：「張白痴愛上蜜雪兒。」

同學也懶得理他，大寶跑去對法文系說：「張白痴對蜜雪兒愛在心裡口難開。」

蜜雪兒跑來找我：

「你一定是張白痴，為什麼到處造謠說你追我？」

追誰？

「警告你，我最討厭亂放話的人。」

我捏緊拳頭找大寶理論，他摳著鼻孔：

「你本來就呷意蜜雪兒，我又沒說錯，你該謝謝我，不然蜜雪兒還不會找你說話。」

蜜雪兒從此沒理過我也就不提了，五年後我和大寶重逢，他到我工作的報社來喝茶，三分鐘後說：

「你喜歡對面的大波波對不對，她是你最哈的那種女人。」

我沒拉住他，大寶已經坐到對面：

「大波波，我朋友張白痴暗戀妳多年了。」

大寶自認瞭解朋友、瞭解地球、瞭解太陽系，如果所有人類和星球都聽他的指示左轉右轉，保證銀河系平安無事，家家歡樂。

上星期大寶對我老婆說：

「老張以前最哈他報社的大波波。」

半夜老婆踢醒我：

「誰是大波波？」

年初我做健康檢查，左眼視力減退，本來要去看眼科，想想萬一檢查出嚴重病情，豈不影響出遊心情，便改成回來後再檢查。

回來馬上去檢查，和朋友聊到檢查結果，大寶聽到，先知、類上帝、炮先生的本性發作：

「疫情結束急著去報復性旅遊，看吧，眼睛被感染，活該！」

揪揪揪，恁伯揪賭爛。

妳是外來的，請尊重我們家的規矩

——要是我爸怎麼樣，妳就……

「看我面子，別生氣。」

「看我面子，跟她計較。」

也和鑰匙有關，不過重點在鎖。

故事來自這名獨立又剛強的貴州女人，桂阿姨。

桂阿姨有五十一、二了吧，十多年前嫁來台灣，從她口中聽起來，老公黃伯伯六十五歲左右，喪偶多年，退休公務員，個性像個孩子，假日拉著桂阿姨到處拜宮廟，說是他一生的還願之旅。

為什麼嫁到台灣？桂阿姨說一來黃伯伯人好，二來她想賺點錢。

她自立自強，對老公明說，我的錢自己賺，不跟你拿。

向同鄉打聽，她找到門路，先在榮總外面擺攤子賣老花眼鏡之類的老人用品，因為廚藝好，再賣辣椒醬、醃燻食品，附近一家餐廳找她去幫忙，顧及老公，她只答應中午去。

沒幾年功夫，桂阿姨的人緣好到快要可以在榮總一帶選里長了。

黃伯伯待老婆也好，晚飯都由他負責，桂阿姨賺的錢他從不過問，每周六兩人背個小包搭火車一站站見到宮廟便拜，順便吃當地餐廳。其中當然藏了個小祕密，黃伯伯前妻重病時他曾四處求神，前妻雖然走了，仍覺得該還願。

與前妻生了一子一女，都已成家，黃伯伯的再婚，兒女不反對，有人照顧老爸，他們可以輕鬆許多，但每逢節日一定回來。

第一次見面時黃伯伯介紹子女：

「惠莉和惠民，妳叫他們名字就好。」

兒子還好，她叫他惠民，他叫她阿姨。女兒難弄，她從未喊過父親妻子「阿姨」，桂阿姨呢，不是不肯喊她惠莉，而是不敢喊。幾年下來，惠莉始終用自言自語的方式提出問題：

「奇怪，胡椒又放到哪裡？」

桂阿姨得聽得懂她是問：胡椒在哪裡？

「爸，浴室的衣服誰的？」

桂阿姨得聽得懂老公脫下換洗的衣服她沒來得及送進洗衣機，得趕緊去收拿。

她有沒有得喊惠莉的時候？

沒有，她等候通知。

例如兒女回來時，由女兒下廚，一開始桂阿姨覺得該由她來，畢竟兒女是客人。碰了個軟釘子，黃伯伯女兒冷著臉對她說：

「讓開，我爸愛吃我媽做的菜。」

可見女兒繼承了母親的手藝。可見女兒不認為父親的妻子有加入黃家的機會。可見不論桂阿姨多想表示親近，她始終被認定為外人。

惠莉孝順，桂阿姨摸摸鼻子退出廚房。

慢慢地桂阿姨知道只要惠莉回來，她得收斂感情，因為只要她動了屋內陳設如照片什麼的，這位孝順女兒都會放回她母親在世時的樣子。

「臥室妳的，她管不著。」老公安慰她。

黃伯的兒子惠民對她客氣多了，跟她聊天，每次帶來禮物水果什麼的，一定交給她而非交給爸爸。

看起來桂阿姨的台灣生活未必如意，但也算滿意。壞在桂阿姨有個祕密，對誰也沒說。

桂阿姨與前夫生了個兒子，離婚後兒子跟著前夫，當兒子大學畢業時前夫過世，桂阿姨也嫁來台灣，她重新扛起母親的責任，在台灣工作賺的錢大部分寄給兒子供他去美國念書，每次兒子問她為什麼去台灣，都說為了賺錢。兒子始終不知道她在台灣結婚了。

這個祕密沒什麼，桂阿姨不願提是怕老公子女以為她想挖老公錢資助自己兒子。

桂阿姨想太多？不，桂阿姨是對的。

她生活在黃伯伯女兒對母親思念的壓力下，始終沒有身為黃家一員的感覺。她討厭紅字的假日，到時惠莉在廚房內忙，她坐在客廳陪老公和陌生的女婿、兒子聊天，像聽眾甲。

看著沒有自己的黃家全家福照片，照片裡陌生的女人讓自己像侵入者。

惠莉做的菜不錯，桂阿姨卻毫無滋味可言，尤其當老公老是說：

「對，這就是你們媽媽的味道。」

那時她醒悟，自己果然是黃家多餘的那位。

兩件事改變了桂阿姨，一是兒子一再要她回去，兒子在手機裡說得令她掉眼淚，他念完書回到中國，在北京大企業上班，賺的錢足夠奉養母親，那裡還有她從未謀面的媳婦與孫子。

「媽，不用工作了，妳回來吧！」

瞞了多年，她實在無法對兒子說明。

桂阿姨背負著罪惡感，而她的罪惡感可能再成為兒子的罪惡感，使她不能不繼續背負下去。

另一件事，桂阿姨更不知從何說起。

黃伯伯是孩子個性，雖然老夫老妻，仍不時纏著桂阿姨上床。有一套儀式，黃伯伯會一手摸上她屁股，然後抱住她，嘴裡直誇桂阿姨依然性感動人。這時桂阿姨懂了，她得找找上回用過的潤滑劑不知扔到哪兒去了。

好一陣子兩人過著無性生活，桂阿姨不覺得少了什麼，夫妻間由愛情轉變為親情並不意味著感情變淡，老倆口吃飯聊天就夠溫馨。

這天下班回家，老伴興奮地將手中的藥丸秀給她看：

「威而剛，看到沒，老李給的，我們試試。」

桂阿姨未多想，她像寵孩子似的寵老公，從未拒絕。

兩人纏綿許久，一次不夠，老伴要第二次。說不定壞在第二次，說不定根本不該有第一次，說不定不該用藥物。

黃伯伯重新趴上桂阿姨身體沒幾秒，身子顫抖而僵硬，不好，不會中風吧？

穿上衣服急著叫救護車。

送進醫院急救，桂阿姨打電話通知惠民，要惠民通知惠莉。惠民半個多小時後趕來醫院，黃伯伯情況尚好，輕微中風，送進普通病房。

惠莉呢？二小時後惠莉也趕來，第一件事，她質問桂阿姨：

「我爸怎麼沒穿內褲，他內褲呢？」

她拿出裝威而剛的藥罐：

「妳去哪裡弄來的？」

惠民和趕來的惠莉丈夫拉開惠莉，四人房，其他病人與家屬都看向她，這種難堪的事怎麼為自己辯白？

將老公安頓好，桂阿姨得回家一趟拿老公衣服和住院需要用的物品，平常節儉的她坐了計程車。

趕回家，掏出鑰匙卻怎麼也打不開家門，鄰居吳太太打開門對她說：

「惠莉來過，好像找了鎖匠換了鎖。」

為什麼換鎖？她爸爸躺在醫院，她為什麼急著回家換鎖？為什麼不告訴她換鎖的事？

癱在門外，桂阿姨想了很多，她受夠了。

她撥了微信對兒子說：

「我到台灣不是工作，我到台灣嫁了人了。」

講著講著，她哭得淚水流不停，她不想再背負祕密，太累。

惠民回來替她開門，將新鑰匙塞進她手裡，

「阿姨，對不起，我姐有時太那個。」

第二天，黃伯伯恢復得不錯，伸出手抓著桂阿姨的手：

「惠莉個性妳曉得。」

不曉得。即使曉得，非得接受嗎？

「看我面子，別生氣。」

你的面子，想過我的面子嗎？

「我罵過她了，以後我們家是我們兩人的家，不關他們的事。」

黃伯伯從來不罵兒女，他以前不罵，以後也不會罵。

「妳是我老婆，陪我的是妳，不是他們。」

他們未必這麼認為。

「看我面子，將就點，反正不住一起。」

桂阿姨懂了，她得繼續忍受惠莉，一個從來不正眼看她、從來不對她說話的老公女兒。

聽說老公和前妻生的女兒也是桂阿姨的家人。

家人，多累的名詞。

很久沒和桂阿姨聯絡，希望她和黃伯伯已經卸下包袱，除了彼此，不再背負其他以感情之名的壓力。希望她到北京見了兒子家人，希望她的努力得到回饋。希望惠莉明白，即使不肯接受桂阿姨，也要謹記她心愛的父親若沒有桂阿姨，餘生將活得多麼貧乏。

還有，黃伯伯的房子，請老人家早點安排好，不要死後丟下爛攤子讓子女與心愛的妻子為此翻臉。

男人，要有扛起責任的一天，老是用「看我面子」推拖，對不起愛他的每一個人。

媽只有我一個兒子，和一個孫子

——別忘記你們的責任

「媽，我要換大一點的房子。」

「工作的事，等我拿到博士再說。」

離婚夫妻乃至於再婚，經常籠罩在對子女的愧疚感中，他們大多跳不出來，跳出來的則又陷入莫名的恐慌之中。

阿治夫妻在兒子七歲時離婚，他與妻子是在和善氣氛下簽字分手，共同撫養兒子。

共同是個弔詭的名詞，都離婚了，怎麼個共同法？

因阿治在東南亞工作，初期不穩定，兒子交給妻子留在台北念書，若有假期，阿治回台灣便帶兒子到父母家住一陣子。

曾問過他們，兒子適應嗎？

兒子話不多，不過學業正常，生活上也不見有何不正常的地方。我也這麼覺得，因兒子膩著老媽，母子感情極佳，黏媽媽的孩子不會變壞。

升國中前，妻子換工作，將面對不可預期的未來，相對的，阿治習慣了新加坡的一切，便問兒子想不想跟他去新加坡念書，那裡的雙語學習環境較佳。兒子同意，前妻也放心。

父子飛到新加坡過了一段此生之中難得的相處時間，阿治交了女朋友，介紹給兒子，看來兒子不排斥。

在新加坡念到高中畢業，六年中寒暑假回台北，母親當然想盡辦法讓兒子快樂。看起來共同撫養的主意頗不錯。

暫停。不能忘記兒子的心情。

父母離異時他七歲，似懂事似不懂事，我猜測，他怕失去父親或母親，掙扎好一陣子，後來了解不會失去，他才坦然來往兩地。依然膩著母親，依然和父親如同好友。

還有個關鍵，父母從未出聲呵責過他，大部分事情順他的意，在父親交女友後，以前他回台北如作客，回新加坡也多了作客氣氛，阿治女友對他很好，總是問他想吃什麼、想去哪裡玩。

有爸有媽，爸媽從不說NO——說真心話，我如果是他，快樂死了。

阿治和女朋友結婚，在兒子高三那年生下女兒。

相處還是沒問題，兒子夠大了，喜歡新生的小妹妹，幫著照顧，幫著餵奶。

高中畢業，兒子選擇去美國念大學，申請到的學校不差，對阿治和前妻而言，能提供兒子的絕不多考慮。

原來的一家三口分三地居住，兒子放假很忙，先去新加坡看爸，再回台北看媽和四位祖父母。

老媽雖未婚，有個很好的男朋友，兒子和他們住一點不突兀。

我想像，兒子習慣了，他到哪裡都是客。阿治家呢，妻子當然盡其所能照顧丈夫之前生的兒子，回台北，家裡多個男人，媽媽怕他吃味，對他更好。

他是客，想來日子輕鬆愜意，可是，客，會使他少了歸屬感嗎？

聽兩邊的說法，兒子居然沒有叛逆期，也是猜想，先是叛逆期因為和單親爸爸住，感情好，被消滅了，接著他為爸爸做場面，和爸爸的新妻子也相處得好，壓抑掉若干空虛感。等到放下怕父母為他擔心的擔子，已經在美國念大學了。

改變始於美國，父母始終抱著補償心理，當兒子要求住大點房子，兩邊商量後出資，大學兩年都住得比同學好，書念得也還不錯。大三時兒子表示他可能留在那所學校念研究所，希望有房子和車子。

是不是該投資兒子？

廢話。阿治率先同意，前妻也不好說什麼，反正工作不錯，賺的錢不用在兒子身上，留著做什麼。

兒子申請到研究所，紐約，房租貴了，生活費高了。賣了原本房子到紐約找新房子，價錢高出許多。他傳給父母同樣訊息：

想在紐約買房子。

這次做母親的御駕親征，到紐約陪兒子找房子，果然貴了很多。前夫這回支吾半天，他年紀大了，女兒還小，新加坡生活費不低。

做成決議，媽媽付三分之二，爸爸付三分之一。無論誰多出誰少出，都花在兒子身上沒啥好計較，況且我們大人經常掛在嘴邊同樣一句話：

錢不花在子女身上，死了不也留給他們。

他們漏了兒子重要成長的階段——或者不能用「漏了」形容，說「未全程參與」好了，因而不太了解兒子某些方面的需要，他們不知兒子從十三歲起新加坡、台北兩地跑，進大學，凡有假期不是回台北就回新加坡當好兒子，交過的女朋友時間都不長，也幾乎沒什麼朋友。

兒子在成長過程中逐漸了解爸爸不是他一人的，再了解母親也不是他一人的，有些時候他孤單得無人可說。

進研究所一年即宣布要結婚，遇到一個很棒的女朋友，不想錯過。老爸較能接受，老媽不行，她就這個寶貝，非去美國考察一番。她見了兒子女友，不能挑剔什麼，又始終覺得兒子太早結婚了。

兒子結婚了，半年後宣布妻子懷孕，兒子發出訊息，房子不夠大。

換房子，換到離紐約市不算太遠的隔壁州，如此可以繼續學業，房子的價格尚能接受，但得替兒子換新車，兩輛。

阿治深夜和兒子通話，問將來的計畫，原來兒子早想好，念完碩士再念博士，說不定以後教書。

聽起來不錯，也就是阿治和前妻得再努力三至五年。

不久媳婦生下孩子，無法顧及學業，在家帶孩子，兒子呢，仍往紐約市上學寫論文。孩子滿周歲後，媳婦要回學校恢復學業，需要保姆。

阿治老了，他的前妻老了；阿治有女兒要養，前妻得照料臥病在床的公公，喔，她也再婚了。

怎麼辦？

我問阿治一個問題，你們從未拒絕過兒子，如今才想到拒絕，嫌晚了。兒子從小習慣接受兩邊的供給，或許他從未想過開口向爸媽要錢有什麼不好，突然要他自立，豈不讓兒子進退失據，也毀了這麼多年他們為兒子的付出？

同意，我說的是屁話。我知道自己講屁話，無論說什麼他們仍未盡其所能設法保住他們一直呵護的兒子。

兩年，阿治沒去美國看過孫子，他實在走不開；前妻也未去過美國，常慨嘆說不定抽出空去看孫子時，她已經受不了長途飛行造成的時差了。

除了表示拿到博士設法教書外，兒子從未提過他有什麼人生計畫，也從未提過夫妻倆有什麼計畫。

對兒子發來的訊息，當然喜悅多過其他，看鏡頭裡孫子學會走路、學會說話、學會用國語喊爺爺、奶奶。有些掉到眼前的問題他們不敢想，如果兒子又要搬家、又要換車，因物價上漲要求調高父母給他的生活費呢？

兩人商量，由阿治和兒子討論。阿治培養好情緒，練順了口條，對兒子開口了：

「你也大了，有妻子有孩子，讀書同時要不要找個工作賺錢？」

兒子回答爽快：

「從沒想過工作的事，等我拿到博士再說。」

阿治再小心試探：

「我和你媽恐怕沒辦法再這麼供你生活費用。」

兒子照樣爽快回答：
「明白了，我找小點的房子，汽車還能再開。」
阿治知道不說清楚不行了：
「房子我和你媽想辦法，你們的生活費恐怕得自己設法去賺。」
兒子沉默了一陣子，仍用爽快口氣說：
「如果我把現在的房子賣掉換小一點的，你們可以每個月少給我一兩千，這樣可以嗎？要不然你忙自己的，叫媽負責，她說過只有我一個兒子，對了，還只有一個孫子。」

都是為妳，不然——

——甩不掉的符咒

「你在哪裡，為什麼不接電話？」

「我們之間不該有祕密。」

「你如果愛我，就不會忘記。」

多年前在內湖撞見一對男女吵架，做為現場目擊者，看到的是年輕男子騎在機車上，女子拉著他，兩人嚴重口角，因為女子的聲音愈來愈尖銳。接著男子推開女子打算騎車離開，女子撲上去拉往龍頭，拖行了大約五公尺。

這時我以為搶劫，男子搶了女孩機車，馬上撥手機打一一〇報警。忽然男子舉起右腳重重踹在女孩頭上，把她踹離後騎車走了。接通電話，一一〇的女人聲音問我怎麼回事，我說搶劫，馬上將電話遞給被踹倒在慢車道的女孩。

「警察，妳趕快對警察說。」

女孩大喊：

「警察沒有用，他是我男朋友。」

這件事當然由我向一一〇道歉，可是未結束，女孩手臂和小腿多處挫傷，問她要不要去醫院，既未同意也未反對，她坐在人行道放聲大哭。

我和她聊了聊，等她心情平穩再送她去藥局買消毒藥水與紗布。

這是男朋友第七次對她動手，也是最嚴重的一次。我好奇問，前面六次，妳都沒報警，還和他在一起？

她和男友交往三年，一切都很好，去年兩人決定結婚，見了雙方家長，男方母親不很喜歡女孩，嫌她在手機配件店當店員的職業不理想，不過男友挺她，不惜和父母撕破臉，從此搬出父母家住進女孩租的小公寓。

同居並不如想像那麼美好，兩人經常為小事吵架，男友在拉麵店當小廚師，和大廚發生衝突辭去工作，一心想自己開餐廳，可是沒錢。第一次向女孩要錢發生在離職後不久，說要和朋友合夥開店，借了十萬元。

店始終只聞樓梯響，女孩不敢追問。

幾個月後男孩還要錢，女孩不能不問：「上次的十萬元呢？」一問便吵起來，當時男孩說：

「都是為妳，我和我爸媽不說話了，也不能回去要錢。」

要錢、不給錢、不能不給錢，成為兩人之後循環的模式，發展到最後男孩總是說：

「都是為妳。」

吵成這樣，男人的拉麵店始終未開成，更別提結婚了。

除了「都是為妳」，後面加了新的理由，「要不然我爸媽早說要投資我」、「要不然不會急著開店」、「要不然ＸＸＸ說要給我錢」。

聽到這裡，我想這對情侶大概沒救了，男人養成習慣將自己的不如意全怪罪於女孩不討他媽媽的喜歡。

這點有辦法改善嗎？兩人可以回家好好和男方母親溝通，至少女孩不必把男孩與父母的負氣背在自己身上，太沉重。

即使日後兩人復合，不再提母親的事，高高興興過兩人的日子，誰敢保證十年後或二十年後男人又發飆喊：

「都是為妳。」

符咒是空的，誰也弄不清符咒是否真有驅邪避鬼的功效，一旦把符咒當成真的，它就有效了，「都是為妳」這道符咒至少對男孩來說太好用，女孩成了妖精，每逢心情不好，將符咒往女孩額頭上一貼，乖乖聽話。

我勸她，和男友已經接近無解的程度，為什麼不放棄這段感情從頭開始。

「可是我和他在一起已經三年，而且我三十四歲了。」

明白，那道符咒的名字叫做「結婚」。

女孩顯然認為結婚是解決所有問題的萬靈丹，只要結婚一切會變好，只要結婚即可徹底逃開男人母親、男人工作等等的問題。

其實問題就在結婚。

要是真結了，往後問題才更可怕。

從未想過結婚竟變成一種外表洋溢希望、內容無法丈量的勒索。

情緒勒索的理由千千萬，基本條件在於「你愛我」，再因「你愛我」演變為「為了愛你，你看我付出多大」，再演變為「你欠我」。受害的一方掉進「如果我把欠的還了你」，一切能回到當初的恩愛。

還不清。既無欠條，也無數字，欠的是張空白支票，隨便對方填數字。

據我所知，習慣用勒索方式控制另一半的情人，從幾種行為可以看出：

奪命連環叩

相信很多人遭遇或起碼見識過，當情人要找你時，不在乎你忙不忙，不在乎當時白天黑夜，每隔幾秒便一通。

三十年前沒有手機，恐怖情人便打到辦公室、你家，非要你接聽不可。市話沒辦法關靜音，拿起話筒是方法之一，拔掉插頭效果最好。

有了手機情況不見好轉，手機一直響，好吧，關成靜音，等到想起來拿出手機一看，靠，連續幾十通來電未接。

有了社群媒體之後更可怕，雖然大可已讀不回，可是一長串的來電顯示、「你在哪裡」的留言、生氣的貼圖，能讓人心情壞到想逃離地球。

「已讀不回」是如今累積仇恨的一種新動力。

如果實在沒辦法抗拒，接了電話，劈頭迎來是冷冰冰的聲音：

「你為什麼不接電話？」

不就怕你，不想接。

「你在哪裡？」

不就怕你，躲起來。

「是不是又去找ＹＹＹ？」

就是怕你凡事就搬出我的前任ＹＹＹ才躲起來。

「讓我跟ＹＹＹ說話。」

跟 NJMKH 去說啦。

NJMKH：你祖媽卡好。

較溫柔型的奪命連環叩也挺有壓力，大野問小咪：

「妳上午去哪裡，手機都不回，害我到處問。」
到處問？問誰？問什麼？
「問兩兩呀，她不是妳死黨，她說她也不知道妳在哪裡。」
到處問，還問了誰？
「問妳媽呀，她也不知道。」
問我媽幹嘛？她連你是誰也不知道。
「我說我是妳男朋友。她嗯了幾聲就掛了電話，以前她也這樣對妳男朋友？超冷淡。」
我媽不冷淡能怎麼辦，她怕詐騙集團！

聽過「類」連環叩吧，不是表面上的連環叩，內心連環叩，累積累積，記得你何年何月何日何時不接他電話。
這種對象愛突然來電關心兼查詢，這時你必須有強壯的心臟，養成視而不見，聽而不聞的功夫，否則容易暴走。

「妳上次說和兩兩去看電影，今天遇到兩兩，她不記得看電影的事。」

上次？

「兩個月前妳不是說和兩兩去看電影。」

兩個月前，我得先查查行事曆。

不必查了，恭喜妳和記憶力遠超過妳行事曆的男人交往。

說不定在妳為他過生日時他會說：

「妳和妳前任立立怎麼過生日？」

NJMKH。

說不定他摸著妳的皮包，陰陽怪氣地說：

「這個包用了多少年？妳很念舊耶。」

對，怪妳自己大嘴巴，告訴他包包是前前任立立送的。

我們之間不該有祕密

另一種情人要求既然兩人已告白，表明交往，就不該有祕密，凡社群媒體、手機留言、電子信箱都該向對方坦白。他們大多這麼說：

「既然我們在一起，要是藏祕密，會破壞我們感情。」

我想想看，若依這一理論，我在七歲時破壞了與我母親的感情，我偷了她錢包裡十元，這是我的祕密，我媽從不知道。

我在十歲時破壞了與我姐的感情，我偷看她日記，她至今也不知道。

二十歲時破壞了與大學教授的感情，明明睡過頭遲到，我卻大言不慚地說：教授，大塞車，我快被塞死了。

三十歲時破壞了與老闆的感情，出差一天，我報了兩天出差費。

四十歲時破壞了與政府間的感情，哎哎哎，我曾經超速行駛僥倖沒被警察逮到，我沒去自首，沒告訴任何人，除了現在告訴你。

我問小咪：

「什麼都對他公開，那不是連過去都被你男朋友看光，他不會從此成天挑妳過去的麻煩？」

小咪眨眨眼，語氣平靜到我以為自己低能：

「當然先把過去的刪掉，該退出的群組退出，再另外設新的電郵帳號。這種男生，習慣了。」

是啊，小咪藏了最大的祕密，提出一切祕密公開要求的男友對她而言，

「這種男生看多了。」

等等，假如每次都碰上「不該有祕密」的情人，都得消滅過去，將自己洗白成沒有過去的人？挺累的。

為了徹底公開彼此私密，有些人進而設定彼此手機位置，我一個朋友跟我

喝咖啡聊天，忽然看一眼手機說：

「小芬到巷口了。」

小芬是他女朋友。

有次一夥朋友吃飯，小芬遲到，他又看了看手機：

「她出捷運站了。」

萬一，我說的是萬一，小芬到了某個不在我朋友理解範圍的地方，怎麼辦？

「什麼是不在理解範圍的地方？」朋友看著手機問我。

「上班時間，她住在松山區，公司在南京東路對不對，這時她的手機位置在淡水，你怎麼辦？」

「馬上叩她，問她去淡水做什麼。你知道，我和小芬之間沒有祕密。」

憲法保障人民的各種自由，對這類型情侶，憲法無效。

沒有祕密的情人有句口頭禪：

「我對妳沒有祕密，妳呢？」

NJMKH，我啊，我最大的祕密就是不讓你知道我的祕密。

用不說話懲罰對方的情人

我，純粹我的看法，奪命連環叩頂多令人心煩，遇事不說，存心逼使對方就範的更可怕。

大野問小咪：

「妳今天怎麼不講話？」

「你心裡有數。」

這可整到大野，他從小咪生日、交往紀念日、接吻紀念日，想到小咪媽媽生日、小咪養的那隻叫妙妙的小貓的生日，想到頭皮因血液流動過於快速而發熱、發燙、發燒。

「我心裡沒數。」大野誠實。

「那你繼續想。」

小咪不說話，她就是不說話，態度不熱不冷，微笑藏著虛假，眼神流露些許「看你怎麼辦」的邪惡。

這時大野不宜做幾件事：

不宜玩手機、不宜打瞌睡、不宜上網購物，這時大野應該慌張，誠惶誠恐順著小咪不說話的目的陪她玩下去，否則死路一條。

例如：

「想起來，今天經過超市忘記買牛奶。」

答錯。例如：

「我上完廁所忘記沖馬桶？」

糟糕的是一旦遇上不說話情人，若不能徹底一次解決，往後一而再、再而三，不說話成為懲罰——好吧，或許有些人認為不說話是給對方反省機會。

大野那次不顧一切糾纏到底，小咪終於說了：

「叫你買三色筆，你買一色的，為什麼每次我說什麼你都故意忘記？」

我幫大野澄清，一，他可能進文具行時恰好想別的事，一時疏忽，更非每次。二，文具行的三色筆賣光。三，他能記得買筆就超乎我對他的評價。四，大野絕非故意，如果存心故意，不買更故意。

再仔細分析小咪的指控：一，不是「每次」，上上次他不是買了二十粒鍋貼並且記得妳再三教導的打開盒蓋，以免鍋貼受潮軟掉。是不是？

二，基於一，「都」，不成立。

三，「故意忘記」未免太武斷，世界上還有種忘記叫做「不小心忘記」。

我分析出一百項可能為大野洗刷冤情的理由也沒用，因為——

「如果你愛我就不會忘記。」小咪宣判，大野勉強緩刑一個月。

出現以上症狀的情人，大多潛在「都是為你」的心理，偏偏另一半老是不了解他們的付出，凡愛用「我那麼愛你」、「難道你不知道我為你付出多少」、「你曉得我爸媽多反對我和你在一起」這類句子開始說話的情人，多對另一半早已心生不滿，他要求回饋，公平的回饋。

他們喜歡讓另一半從虧欠感演變為「心生恐懼」。讓另一半肚子裡：幹，NJMKH。

我是不結婚的那種人

這是最可怕、最明顯的徵兆，不會於認識之初便表明立場，大多交往一陣子，到了一周碰面兩次以上，一周上床一次以上、一周通訊息十次以上，才以溫柔口吻說：

「我是不結婚那種人。」

若對方有個性、有自信，有點社會經驗，站起身回他：

「沒對你說過嗎？我不和老是說不結婚的那種人交往。」

但，哎，就是有人依然掉進這個老圈套裡。

交往屬於自然行為，像水順著地勢流、太陽在黑夜之後升起、吃水煎包會想喝啤酒、鞋子破了想買新鞋一樣，最初的設定未必和結婚有關，慢慢兩人有了感情，到了不可分開的地步，婚姻才登場。要是有人把「我是不結婚的那種人」掛嘴邊，百分之一百，此人為GH，賤貨。

對付GH簡單，一腳踹開就解決，偏偏有些人捨不得踹，想盡辦法死裡求生、垃圾堆挑回收品。

最後對方放棄原則和你結婚了，為了點小事吵起來，他就端出當年的尚方寶劍：

「就跟你說我是不結婚的那種人。」

此時這句話衍生出兩種新的含義：

跟你說我是不結婚的那種人，被你逼得結婚，看現在這樣，我當初說的沒錯，就是你偏要結婚。

你怎麼賠我，是你要結婚，是你非要戶籍上的名義，害我現在這樣，你賠，你賠，你賠呀。

了解，你們都想說 NJMKH，來不及了，不過不要因為來不及而委屈自己，人生未必每樣事皆如我意，起碼不用天天欠別人。

談戀愛、找對象是一門深奧的學問，逃離對象更深奧，要更大的決心與勇氣。在此，我衷心奉送一句話：

勇敢些，別為了今天而錯失明天。

很多時候我只是不想講，可是……

——看我多為你想

「我是你朋友，別讓我難做人。」
「你懂我意思嗎？」

年輕人，特別女孩之間比較愛用這種講話方式令對方承認錯誤。

稍有規模的公司多形成內勤與外勤兩種截然不同的文化，主要是業務差距大，而且內勤又常監督外勤的一舉一動。

舉例來說，外勤成天跑業務，對於報帳、上班時間缺乏精準態度，內勤則每天專負責這種事，於是常見平時緊閉的玻璃門忽然打開，出來一名財務人員對著開放式的業務組辦公室喊：

「趙英明，趙英明，進來一下。」

於是業務部一片沉寂看著趙英明慌張起身，或者對嘻皮笑臉的趙英明發出「你要倒楣了」的幸災樂禍聲。

李姐是財務部經理，她和業務部處得不錯，兩者交融的關鍵在於業務部的小琳。李姐和小琳的姐姐是同學，當初公司招考採購人員，李姐大力推薦小琳，而小琳幾年來的工作成績頗受老闆賞識，讓李姐與有榮焉。

不過內外勤的生活習慣卻難以融合，中午休息時間，內勤習慣整組行動，或者集體在會議室吃便當，外勤相反，中午幾乎不在公司內，不然就三三兩兩各吃各的。

小琳負責採購，工廠、客戶免不了三節送些禮物，個性爽朗的小琳無論收到什麼禮物，一律放在業務部的小圓桌上，大家要吃點心什麼的，自己去拿。久而久之，其他業務員也如此，氣氛十分融洽。

內勤看不順眼了，因為內勤不方便走到業務部的小圓桌拿個鳳梨酥什麼的，有損他們的立場。

有天李姐找小琳進會議室說話，開頭便是：

「很多時候我只是不想講，可是妳這樣太離譜，怎麼能收客戶禮物，還放在桌上，別人會說妳收買人心，業務部吳經理早看妳不順眼……我是為妳想。」

那怎麼辦？

小琳學聰明，收到禮物便送財務部列檔，新開的檔案：客戶禮物名細。

老闆看了直皺眉頭，但也不便說什麼，因為採購人員外面收到禮物交回公司，很好呀！財務部門將禮物造冊，很好呀！對公司體制來說，凡事有條理、有規範，絕對是好事。

問題在於一堆鳳梨酥、綠豆椪、牛軋糖該怎麼處理？有時客戶送新鮮水果、雞排，也造冊列管，是想年底尾牙抽獎用嗎？

老闆看了看雞排，皺著眉頭對李姐說：

「分給同事，處理掉。以後這些小東西大家吃了，不能放。」

李姐又找了小琳：

「很多時候我只是不想講，可是妳要分清楚什麼該上繳什麼不該，昨天五塊炸雞排，妳要我怎麼辦？是不是存心對公司制度不滿……我是為妳想。」

小琳很困惑，要是以後收到禮物，該一個人在大樓中庭先啃光嗎？

李姐又說：

「很多時候我只是不想講，可是妳要想清楚，以前的採購從來不收禮物，要不然收了禮也不會拿回公司，妳這樣做讓很多人為難，好像只有妳最清高……懂我意思嗎？我是為妳想。」

小琳快昏倒。出了財務部，找機會私下問吳經理，說起來小琳算吳經理的徒弟，她承接的客戶大多來自吳經理，因此覺得問師父應該最恰當。

客戶送的小禮物該怎麼辦？

吳經理的說法和李姐非常類似，他說：

「小琳，很多時候我只是不想講，一開始就該問我，收到禮物交給我再分給同事，財務部不敢囉嗦，現在有點麻煩，不過放心，有空我問老闆，妳先都交我這裡……妳還算新人，凡事先問我，別不高興，我是為妳想。」

至此，小琳陷入公司內部文化的窘境，李姐覺得她介紹小琳進來，不算恩人也算知心人；吳經理認為小琳是他單位的下屬，更別說小琳是他徒弟，不喜歡小琳越過他，直接和老闆心腹的財務部打交道。

可是我們也清楚，大家都為她好，只是很多時候不想講罷了。

老闆當年白手起家，當然了解這些瑣事，一句話解決：

「所有外面送來的小禮物，各單位主管自行處理，涉及金錢或是價值高的禮物交人事室。」

當老闆可以這麼說，接下來各部門一陣騷動，外面廠商不會送禮給財務部和人事室，當然都是業務部收禮，吳經理會做人，下面送來的禮物，先分一部分往內勤單位送，其他的大家分。

吳經理這個動作對李姐來說，等於告知小琳是他的人。李姐不太高興。業務部其他同事想，妳小琳會做人，那些小禮物妳拿給長官做人情，我們收到的禮物也得上繳。要是我們收不到禮物，怎麼辦？

「採購的最肥。」變成傳了好一陣子的耳語。

李姐有時吃著鳳梨酥晃到小琳座位：

「又是這家鳳梨酥，妳客戶送的吧？」

李姐有時拿雞排放在小琳桌面：

「我不吃雞排，太油。小琳，我是妳朋友，會站在妳的角度想，但妳別老讓我難做人。」

如果這樣還算好，假日回家，老姐板著臉孔問：

「妳沒事幹嘛裝好人，我同學費了很大氣力才把妳弄進她們公司，現在我怎麼跟她交代。」

所以，現在演變為怎麼跟姐姐交代。

老爸見姐妹快翻臉，裝和事佬問個究竟，然後他又裝出任何事唯他能解決的樣子說：

「這樣，我出面請李姐吃飯，謝謝人家。」

不要吧，事情複雜壓力更大。

老姐和李姐 LINE 來 LINE 去一下午，總之李姐不肯吃飯，說得冠冕堂皇，不好意思讓妳爸爸請吃飯，沒什麼啦，只要小琳工作開心就好。

老媽去合唱團練歌回家，一問之下她有了新的主張：

「我們女人好說話，找一天中午假裝路過，」她對姐說，「上去和她聊聊，她喜歡什麼？不然拉她去吃中飯。」

求求你們，我的事自己解決。

「妳解決什麼？我們來。」

有陣子小琳中午不敢進公司，怕老媽和老姐真的去找李姐，萬一她也在場，不知多尷尬，好像她長不大，進學校要老媽牽著手到教師休息室：

「我們家小琳請老師多照顧，她平常好動，老師該罵該罰，我們家長沒意見。」

躲得過老媽和老姐，躲不過李姐，她又晃到小琳桌旁：

「妳媽中午和妳姐來過，很多時候我只是不想講，這麼大還要妳媽擔心，搞得我不知道怎麼對她們說。算了，明天中午跟我們一起吃飯。」

跟「我們一起吃飯」，我們是誰？

「我們」是財務部七個女生，小琳未必聰明，但也絕對不笨，只要和她們吃一次飯，保證以後無法脫身，其他單位也會好奇她怎麼和財務部走這麼近，是不是想跟老闆攀關係？

小琳麻煩大了，她得找理由推辭，明天中午和客戶約了有事之類，不過李姐加了一句：

「妳要是不來吃飯，我還真不知該怎麼對妳姐說，她再三吩咐要我照顧妳。還有妳媽。」

看樣子這餐中飯不能不吃，要是再不吃，未免不近人情。

她對吳經理解釋：

「正好我中午進公司，被她們拉去吃飯。」

一個多星期後，老闆見財務部處理基金和股票的業績不錯，請她們吃飯，小琳正好在樓下停機車，李姐拉她：

「董事長，這是業務部小琳，她姐是我同學，一起去吃可以嗎？」

小琳事業心如果夠強，是個不錯的機會；小琳如果事業心沒那重，她就又找上麻煩了。

愈大的公司，內部文化愈複雜。講個題外話，多年前我在中國時報工作，有次蹺班看電影，記得是李安的《臥虎藏龍》，好死不死遇到當時董事長余紀忠先生，他朝我點頭，只好趕快上前問候。

第二天一早，他祕書打電話來：

「董事長找你，十點。」

靠，我下午才上班，還在睡覺咧，一定是蹺班的事被發現，死定了。得在四十分鐘內從深坑的床上殺到萬華的頂樓辦公室。

渾身大汗進了余紀忠辦公室，他叫我坐下來，祕書送給我一杯咖啡，老人家說話了：

「你覺得昨天的電影怎麼樣？」

原來他喜歡電影，找我聊《臥虎藏龍》。

聊呀聊，我忽然想到：

「臥虎藏龍的編劇蔡國榮在報社文化中心工作呀！」

余紀忠兩眼一亮：

「編劇是蔡國榮？」

很好，余紀忠不知道我蹺班；很好，他有蔡國榮可以聊臥虎藏龍了。

下午進編輯部，至少三名長官私下問我：

「董事長一早找你做什麼？」

我誠實回答，但沒人相信。

「他找你聊天？找你聊《臥虎藏龍》？」

我想除了蔡國榮之外，沒人相信余紀忠找我聊電影，說不定懷疑我透過何種管道直接攀上董事長，我這麼陰謀，是想幹掉誰，坐誰的高背椅子？

報社大企業，幾百人一起上班，隔一陣子《臥虎藏龍》就是蔡國榮的事了，我可能被忘記。小琳待的公司規模不大，而且她有位恩人李姐在財務部，李姐對她期望很高。

和老闆吃的那餐中飯，都是其他女生陪老闆聊天，小琳縮到角落。

晚上小琳接到吳經理電話：

「中午妳和老闆吃飯？」

得解釋不小心被財務部李姐看到，不小心被拉去吃飯，不小心老闆也在，不小心就把中飯吃完了。

「和財務部一起吃飯？」吳經理再問。

公司內部文化又碾壓過一個小小的小琳，她是新進人員，身材不高，外貌未必出眾，不過真的努力工作，也熱愛工作，但她得面對李姐的「小琳，妳是我介紹給老闆的」，得面對吳經理的「小琳，妳是我教出來，我客戶都交給妳喔」。

小琳聽懂，李姐和吳經理都高度期待：

妳是我的人。

相信我，期望有時窩心，有時累人，如果期望包含了「你是我的人」，最好全世界沒人期望我，過過小日子比較幸福。

喔，想起來，以前我認識一位女性朋友，請她到家吃飯，我炒青椒肉絲，她說牛肉絲最好先用太白粉抓抓，吃起來嫩。我年輕，很不喜歡被人指使。

「我喜歡牛肉的味道，加了太白粉就遜了。」

「相信我，你試試太白粉。」

「不想。」

「我講是為你好，你很堅持耶！」

「不是堅持，我不喜歡什麼東西都加太白粉。」

「那你吃蚵仔麵線怎麼辦，勾芡都加很多太白粉。」

「台南的蚵仔麵線不勾芡。」

可想而知那天我自己吃晚飯，吃沒用太白粉抓抓的牛肉絲。

其他朋友聽說，問我為什麼要為了太白粉搞哭女生？

不是故意，討厭被人家擠罷了。

對了，後來再次蹺班看電影又被余紀忠堵到，片名是《雙面夏娃》

（Sliding Doors），前陣子又重新上演一次。

第二天照例被喚進董事長辦公室，照例被問：「你覺得昨天的電影怎麼樣？」

老闆做事情多憑直覺，不會考慮太多，他只想找個人聊昨天看的電影而已，其他人不同，而且《雙面夏娃》的編劇不在中國時報上班。

「董事長找你做什麼」變成我好一陣子難以解釋的噩夢，畢竟許多人對此解讀為「媽的張國立想幹掉誰？」

辦公室文化裡的「很多時候我只是不想講」折磨人，你們都直接講好不好，大聲講，別用那種眼光看我。

請相信我，老闆找我真的就是聊電影，不信？蔡國榮作證。

無論眼神、言詞、動作，被人擠的感覺太差，因此老婆炒菜我很少參與意見。她的青椒肉絲炒得夠味，我問她肉絲是否先用太白粉抓抓？她說：

「我不喜歡什麼都加太白粉。」

「是為妳好，下次試試看。」

「不想，不稀罕你為我好。」

「妳很堅持耶！」

「你很煩，不想吃飯去陽台，看了惹人煩。」

最具代表的例子是打麻將，假設我老婆愛打，我更愛（其實她打到第二圈就睜不開眼），依打牌的年資、參賽次數，我都遙遙領先，因此當她上桌，我在一旁看時——

我用膝蓋頂她側腰，意思是不對，不能打二餅，打四條。

打四條，打四條。

我伸手摸她面前四條，打這張好。她猶豫，把我為她好的金玉良言當狗屁，兩隻指頭拎起二餅。

我敲著她的牌，她應該懂我意思，是為她好——

打四條，打四條。

麻將結束，她輸了幾百塊，臉色不太好，我開著車說：

「看吧，叫妳打四條，不聽。」

哈哈，這種事天天發生，凡事可以建議，不用「我都是為你好」強逼，大家都是大人了。

馬奎斯在《迷宮中的將軍》裡這麼寫道：

「我們常會把命運交到一個陌生人的手裡，這個人可能是你的長官、老闆，非常愚蠢。」

馬奎斯沒說我們怎麼逃出愚蠢。

電影《伊尼舍林的女妖》

——友情的血的勒索

「走，喝酒。」
「工作太忙，沒空。」
「怎麼，升官了不起嗎？我以前對你多好。」

關於情緒勒索，愛爾蘭導演馬丁．麥多納編導的《伊尼舍林的女妖》可說極致。故事發生在虛構的島嶼伊尼舍林，背景為愛爾蘭內戰，但戰火並未燒到這座邊緣的小島。

派瑞與民謠音樂家康姆是好友，在生活平淡的島上，養了幾頭牛經營牧業的派瑞最大樂趣是找康姆一同去酒吧喝酒聊天。這是——起碼對派瑞而言，這是生活的模式，好友、好酒，忘記戰爭。

可是這天康姆拒絕和派瑞去酒吧，回絕的方式沉默而堅定。派瑞不明白哪裡得罪了康姆，每天仍去找康姆，要求答案。

（派瑞遇到不說話的朋友。）

康姆給了理由，他要回到民謠創作，不想再和派瑞鬼混。

康姆太殘忍，友情不能突然剪斷，一如當初感情也非突然之間建立。

至此，我討論一下康姆拒絕再與派瑞交往的原因：

一如康姆說的，他有更重要的事情得做，在有生之年寫出代表他一生的音樂，足堪留傳後世，沒有空陪派瑞混日子。

另一可能，康姆厭惡自己這些年浪費時間在無謂的喝酒、聊天，他和派瑞原本不屬於同一世界，現在他從厭惡自己到厭惡派瑞。

急著找回自己，康姆殘酷地切斷派瑞。

（康姆將對自己的不滿遷怒至派瑞。）

遷怒是人的本性，因為今天去賞櫻，在路上塞了三小時，而遷怒提議去賞櫻的妻子。因為工作績效達不到老闆的要求，遷怒周圍的同事，都是你們這群笨蛋拖累我。

人在失意時，往往尋找原因，而尋找原因時，總是放過自己。

總得有人為自己的失意負責，但絕不是自己。

說到遷怒，既以不將自己列入計算為前提，康姆自然無法對派瑞說清楚「你滾開」的原因。

我有了年紀，可能體會康姆的心情，已過了黃金歲月，回頭看，留在路上的腳印竟如此模糊，不免心慌，急著想往逝去的人生中添點色彩。康姆急，偏偏愈急話愈說不清楚，得不到派瑞的諒解。

康姆急欲開始新的生活方式，派瑞不肯，執著認定我們是好朋友，以前那麼好，現在為什麼不能持續下去。

兩人間的情緒勒索非常血淋淋，派瑞仍糾纏不休，以前我的付出，你今天得還回來，強逼康姆回到過去。

康姆態度偏激，我不要再回到過去，如果你要我付出，每次你找我，我便剁下一根手指還你。

友情變成兩人固執情緒的車拚，愈演愈烈，到了不可收拾的地步。

至此，再看派瑞為何不肯放過康姆。

派瑞主觀認定我要求的不多，只是像以前那樣每天喝杯啤酒說說話，為什麼你的音樂朋友搶走我的朋友，為什麼你愛的音樂搶走我們喝杯啤酒的享受。

派瑞有錯嗎？

我覺得派瑞並沒有錯，他並未聰明到了解康姆的內心世界。於是一而再、再而三去找康姆，對康姆而言這是殘酷的勒索，派瑞用過去的感情勒索他，讓他逃不出過去。

康姆有錯嗎？

起先他不說明原因即拒絕派瑞，的確有錯。後來說明了，派瑞不肯接受，他用自己的手指表達決心，就過頭了。難道不能用和緩的方式一步步讓派瑞接受他的改變？

情緒勒索看似不嚴重，一旦演變為情緒威脅，友情一百八十度轉變為仇恨。

你我可能恨朋友、親人，你我絕不會恨陌生人。

事情發生在我身上，年輕時常和一位朋友出去玩耍，用膩在一起形容比較貼切。表面上看來如同兄弟，可是犯了錯。他事業有成，所以我認為他對我的小記者、小編輯工作不感興趣，兩人聊天時我刻意不提自己的工作。他也主觀以為不必對我說他的成功，免得我自卑，使友情在現實的天平上失去平衡。

當我升任總編輯之後，每天面對工作壓力無法再浪漫，那時的我已非過去的我。我未體認到他的不解。打電話約我出去幾次，我都說工作太忙，沒空。這時他怒了，為什麼以前沒事，現在天天有事，當總編輯了不起了嗎？看著滿桌稿子，我情緒失控，把他罵了一頓，大意是我沒那種閒工夫整天等他來電話陪他吃飯。

事情惡化，他在共同的朋友圈裡罵我，而我更氣，也罵回去。罵來罵去無非一個重點：

我以前對他多好，看他當了總編輯的嘴臉。

所有一切源於我們以前是好朋友呀！

派瑞雖只是名牧人，沒念太多書，甚至可能有些蠢，但他對康姆的友情卻真誠無比。當康姆拒絕了他，不斷惡化為仇恨：他憑什麼不理我，於是一再向康姆討公道。

對康姆而言，派瑞不能用過去的友情成天勒索我，我不是切下手指表明決心了嗎？

康姆忘記，他剁下指頭更是種血淋淋的要脅：我死也不想再跟你這個白痴多廢話一句。

感情原本不能用啤酒丈量，它太複雜。

高中時養過一頭小狗，成天繞著我轉，愛牠幾乎超過十七歲的男生愛女生。我那時早上送報紙，清晨四點半出門，騎腳踏車到圓山車站等候卡車送來報紙，得將各版報紙套在一起，於後座綁好，七點前送完。

小狗不了解我為什麼一早把牠關在家裡不讓牠出去，想盡辦法阻撓我。

我和牠之間沒有背叛，只有愛。可是每天早上都是我最難過的時候，得用食物欺騙牠，有時得拴住牠，絲毫不理會牠的狂吠。

如今回想，牠說不定不了解我為何背叛牠。

你不能每天上午把我扔在家裡。

如今回想，牠的糾纏是不是曾令我一度困惑於為什麼養牠。

牠不能每天上午找我麻煩。

有天我出門時未留意門未關好，牠追在我後面，而我只專注於加快腳下速度趕去送報，完全不知道牠跟出來。

送完報回家，母親抱著小狗的屍體，牠追出去沒多久被汽車撞了。

我對牠的感情至今未曾消滅，唯一可恨、可遷怒的，那年我十七歲，不知道如何處理牠對我百分百付出的感情也需要我百分百的回饋。

動物的感情直接，人類的拐太多彎。

是不是該學會如果沒辦法絕對付出，就應該逃避？

逃避真是壞事？

逃避未必是壞事，但何時逃避、如何逃避卻是大學問。

*

有個晚輩，姑且稱為皮皮，小時候他頑皮到令人髮指的地步，如果你和他玩傳接球，他會想辦法用氣力投球砸你；如果你帶他出去騎車，他會設法翹孤輪撞到車毀人傷為止。

父母只他一個孩子，愛護有加，可是父親開始不耐煩，掛在嘴邊的經常是：

「皮皮，給我坐好。」

「聽到沒，坐好。」

「叫你坐好。」

「動一下試試看。」

媽媽上班回來忙著做晚餐，皮皮兜著她轉，打翻醬油、踢倒菜籃，媽媽說：

「去看電視。」

「再說一次，你去看電視。」

「我數到三，一，二——」

皮皮的數學可能從小跟著他媽媽學會的，他高興地喊：

「三。」

他是唯一的兒子，不論多皮，多令父母頭痛，他都是唯一的。

五歲時媽媽懷孕，事情出現變化，皮皮有了弟弟。

家裡兩個孩子以上，馬上分得出誰叛逆、誰乖順。我家只我和姐姐，我是叛逆那個……聽說過排骨理論嗎？

張媽媽拿手炸排骨，外酥內嫩，如今僅鼎泰豐差堪比擬。

晚餐張媽媽炸了排骨，一人一塊，我姐先吃飯，她愛把排骨留在最後享受。我相反，先吃排骨，等我排骨吃光了，就伸筷子吃我姐那塊。這時我姐哭：

「媽，你看弟弟，又搶我排骨。」

老媽一掌揮我腦袋：

「為什麼搶姐姐的？」

我揉著頭皮解釋：

「她都不吃，以為她不愛吃，我幫她吃。」

排骨理論的含義是人類分兩種，好吃的先吃，和，好吃的留著最後吃。

每位長輩都喜歡我姐姐，除了她乖順外，和叛逆的我比較，她升格為天使。

有了弟弟後，父母對皮皮似已耐心用盡，恰好弟弟符合期待，是乖順的那位，三歲就懂爸爸回來馬上遞上拖鞋，四歲膩在爸爸懷裡要聽故事，而皮皮呢？他照以前與爸爸交往的模式，將球扔去，打中老爸額頭，可想而知，爸爸反應超乎想像：

「你幹什麼，過來，站到牆角。」

罰完站，他轉而去找媽媽，在豆腐上捏出拇指印，媽媽火了，

「不准進廚房，我數到三。」

皮皮高興地喊：

「三。」

哈，他不挨揍誰挨揍。

皮皮後來面對的大多是：

「你再欺負弟弟試試看。」

「不能學你弟乖乖看卡通？」

「數學為什麼退步？看看你弟的成績單。」

「弟，你進房去。皮，我沒叫你進房，坐好，說，到底怎麼回事。」

「牆壁你弄髒的？承認！不是你弄髒的還有誰？」

高中畢業後他念了遠到得住校的大學，後來去大陸工作，結了婚生了孩子，過年也回家，和弟弟的感情很好，對爸媽也孝順，回到家幫忙做事，和爸爸聊天時坐得筆挺，吃完晚飯帶老婆與女兒在附近聊天，說他以前和爸爸在哪裡接傳球、在哪裡打破鄰居玻璃。

他一年只回家一次。

曾經邀請爸媽去大陸他家玩，媽媽高興，爸爸推拖，始終未去成。

我認識他爸，他爸嘴裡永遠只有小兒子，問及皮皮，他回答：

「很好。」

父母不是不愛皮皮，當然愛，可是以前的包容忽然變成不耐，差距太大，小孩子不瞭解為什麼，失落變得更大。他們用更激烈的方式想要回父母的關懷，愈激烈換回愈大的反感。

甚至今年過年，二兒子一家晚一天回去，爸爸和皮皮聊天仍不時地說：

「你弟呀——」

妳才去過日本，腳又癢了？

——難道妳不了解我對妳多寬容

「我對妳已經夠好。」

「去啊，我什麼時候攔過妳。」

三三和大呆結婚多年，兩人個性上有個先天衝突，三三愛旅行，大呆不愛，應該說大呆不是不愛，每次出國連在京都清水寺都忙著看手機上的選舉新聞，三三覺得和他出去有些無聊。

每次旅行吵架，旅行就失去意義，三三一氣之下好幾年沒出去，這次不行，疫情封控三年，終於等到開放，閨密相邀，當然要去。

大呆想了想，好吧，讓老婆去，自己留在台灣繼續守著政論節目，自得其樂也不壞。

我對快樂有其基本定義：每個人快樂來源不同，無法勉強。我喜歡夏天，見到藍天豔陽就開心，老婆最恨夏天，她寧可寒流，不要酷暑。夏天我一個人冒著大太陽騎自行車，冬天她和朋友去陽明山野餐，相互拍手叫好，不干預。

去日本玩了十天，三三不停傳回雪花照片，大呆坐在電視機前看看手機，貼了個圖回覆，意思到了。

——不相信有人熱愛政論節目超過旅行？請務必相信，政治早已發展出族群效應，好像高中時打籃球和打棒球，各有各的溫暖。

返台不久，三三再和閨密研究三月去韓國的旅程。

——再補充一下，有些人熱衷旅行，有些熱衷安排行程，也一樣，各有其樂趣。像我喜歡沒有計畫，出去再說。我老婆愛死安排行程，可以說她愛過程，我愛結果。

大呆冷眼旁觀，終於忍不住問：

「又要出去玩？」

三三稍稍謙虛：

「研究階段。」

大呆補了一句：

「腳又癢了？」

三三再次借用她的朋友：

「小珠的提議。」

雖是夫妻，都上班賺錢，三三旅費一向自付，不用太在意大呆臉色，但這次鬧得有點僵，大呆連續擺了幾天臭臉，最後當然不能不假裝歡欣鼓舞開車送老婆去機場。

到了韓國慶州第二天，三三收到兒子傳來訊息：

「爸摔了，妳看。」

照片上是大呆打了石膏的腳踝。

兒子並且附了一行字：

「也沒什麼啦，他叫我拍照傳給妳看。」

原本想馬上給老公電話的三三心涼了一半，大呆存心的不是嗎？

替大呆澄清，那天他扭了腳我在現場，照例三名老先生爬劍潭山，前陣子雨沒停過，路的確有點滑，他顛了一下，我看沒什麼大不了，回家熱水敷敷，找跌打損傷師父診治，周一照樣上班。

不行，大呆非去醫院不可。

醫生拍了X光片，骨頭未斷，扭傷而已，休息和吃消炎藥。

不行，大呆非要醫生打石膏不可。

好吧，打石膏唄，病人不願意冒險可以理解。

回到家兒子看見，好心關懷，大呆要兒子把他打了石膏的腳踝拍下，「傳給你媽。」大呆下命令。

三三終究給大呆打了電話，問候一番，這時大呆又很大方：

「沒事，妳開心去玩，醫生說下星期拆石膏，一個月可以健步如飛。」

我再插個嘴，男人DNA裡藏著一個男孩，希望母親關懷，希望母親呵護，因此男孩愛哭，一哭媽媽就來抱著他問要不要吃冰淇淋。潛在的男孩不會長大，到七十歲還是男孩。

大多數女人有種天生看穿男人的本事，呼呼抱抱即沒事。當男人不再好意思哭給老媽看，則擺出受了委屈的悲劇臉孔給老婆看，期望得到同樣的關愛。

三三於電話中再三確定：

「真沒事？」

「沒事，腳拐到而已。」

沒事？叫兒子拍傷勢照片傳到韓國嚇人？

三三繼續她的行程，第六天回到台灣，到家第一件事就問老公好些沒。

大呆坐在沙發看重播的政論節目：

「玩得高興吧？」

從此陰影籠罩三三，大呆時不時問：

「那個小珠不會又約妳們出國吧？」

三三看電視上的旅遊節目，大呆立刻發出警告：

「不都是山呀水的，台灣到處都是。」

小珠的確約大家九月底去泰國，趁著還能穿泳衣去泡水，再過幾年泳衣得改成T恤短褲，再過幾年只能挽起褲腳沖沖腳和小腿，再過幾年就坐在沙灘聊是非，再過幾年把泳衣當垃圾扔了，再幾年別說海邊，出門戴防曬帽，冬天來了約閨密一起去診所雷射打斑。

女人對青春消逝的速度極其敏感。

我認識三三多年，和大呆剛在一起，大家去游泳，她穿連身式；生了兒子不久，改成三點式，我一路讚美她產後恢復得比產前好；當她連七月都穿長褲長袖，已能體會她感覺季節變遷的危機。現在的她身材仍然不錯，可是絕不露白——絕不露出可能出現皺紋的部位，不能不露出的，能打針就打針。

不少男人不太了解青春消逝對女人心理的影響，老是說：

「老又怎樣，頭髮白代表智慧。」

不，頭髮白單純代表老而已，若要代表智慧，有其他五百種方法。

去泰國，可能是三十好幾將近四十的這群閨密最後一次瘋狂機會了。

計畫原來是攜伴參加，反正幾名女生的老公彼此認識，女人玩的時候，男人喝啤酒吵政治立場，不關她們的事。

我覺得很好，一群夫妻出去，女人逛街，男人窩旅館打麻將也是種感覺挺溫馨的旅行。

休假嘛，五點半集合，一起去吃海鮮，晚上上網看手機，瞧瞧名嘴這次罵得夠不夠搔到我癢處。

大呆腦中對泰國既無麻將、也無美食，他對三三說：

「我對妳已經夠寬容，不信妳去問其他人，哪有老公任由老婆從春節到聖誕節都往外面跑的。」

大呆不知道三三在她朋友面前多誇老公，說她和朋友出國旅行，大呆不但不攔阻還塞零用錢給她；說她不在的時候，大呆下班趕回家下廚為兒子做晚餐。她不得不反思，真的自己太愛玩？太不顧老公心情了嗎？

三三做了決定，今年不再出國旅行，除非大呆一起去。

決定放在心裡，沒對大呆說，因為她知道如果說了，大呆一定說反話：

「妳的休假，妳要和朋友出國就去玩玩，沒什麼了不起。」

大呆可能加一句：

「兒子快進國中，大了，有自己的天地。沒兒子，我們兩個照樣活得下去。」

最好大呆不要補這句：

「別管我，可不是我不讓妳和朋友出去玩。」

安慰自己，明年再出去玩，和大呆商量他也想去的地方，總該夫妻一起去玩，不然不好。

我想接下來三三每逢朋友邀約出國旅行，就會掙扎一陣子。

明明夫妻旅行，為什麼大呆偏不肯去？

「又花錢，又走路，看的景點電視上播過幾百遍，沒意思。」

我苦口婆心勸他，出去忘記工作上的壓力，徹底放鬆不是很好。

「我放鬆不了，每天照樣得看公司傳來的業績和簡報。你不曉得工作久了人會陷在裡面，既痛苦也享受。」

一家三口一起去呀！

「算了。你愛旅行，我不愛，別當傳道士。」

「那，要是三三又和閨密出去玩呢？」

「去啊，我什麼時候攔過她。」

壞在最後一句，我什麼時候攔過她。忘記腳踝扭了一下非逼醫生打石膏？忘記非要兒子拍了照片傳給老婆看？大呆表達的是：

妳對不起我。

我有一種理念，男女認識乃至於結婚之前，很長一段歲月並無對方，那段歲月不可能因婚姻抹滅。

男女婚後可能都工作，可能一方工作，因工作不同，可能生活作息不同，發展出各自的交友圈，和愛情或婚姻並無衝突。

如果婚後仍能維持獨自的空間，人生的範圍更大，生活更豐富，實在不必因婚姻而把兩人從頭到腳拴在一起。

拴太緊會難以喘息。

要是兩人各自的朋友圈、嗜好圈能有交集，那就更完美了。我的朋友喜歡我老婆，我拍手；我朋友的老婆喜歡我老婆，我拍手。老婆的朋友不喜歡我，沒關係，我閃遠點；老婆朋友的老公不喜歡我，掰掰，無損他老婆和我老婆的友情。

以上純屬個人觀點。

又窩在家裡做什麼？出去

——上一代的價值觀成為下一代的包袱

「還沒結婚唷？」
「妳這樣爸媽多擔心。」

小珊今年三十三歲，工作還不錯，可是相對的壓力也大，最可怕的壓力卻來自母親。

從二十八歲起，她不再參加母親家族的聚會，因為每次談話主題都會轉到她頭上。

甲阿姨：「小珊有男朋友了吧？二妹，跟我們保什麼密，真是的。哪一天吃妳們家喜酒？」

甲阿姨不開槍，其他人也會，然後硝煙四起，炮火不停，一下子，尚未結婚的小珊成為焦點，彷彿不把她轟爛誓不甘休。

這時小珊期待母親為她擋住炮火，不幸老媽心向「敵國」。

老媽：「就是嘛，老講不聽，過三十五歲看她怎麼辦。」

過了三十五歲，女人就不能活了嗎？再說她沒結婚礙著誰了？

「阿姨」是個可怕的代名詞，代表一群閒著沒事專管姐妹小孩的恐龍，她們以某個話題表達集體價值觀，集中焦距毫不手軟展開密集攻擊。

別想逃避，砲彈長了眼睛，像雷射導引的飛彈，追著未婚晚輩非炸死不可。

「我幫妳介紹，把條件開出來。」這算善心阿姨。

「還不結婚喔，妳老了怎麼辦，沒有老公沒有小孩。」這就是惡毒阿姨。

「我都當祖母了，呵呵呵，人家說我好福氣。」這是挑撥型阿姨。

「現在年輕人有自己想法，不是我們這代管得了的，算啦！」這是落井下石型阿姨。

她們對人生的認知便在結婚、生子，然後變成像她們一樣聒噪的「婦女」，乃至於「大媽」。

一位阿姨尚能對付，阿姨是種衍生型生物，像蔓草般成長，只要有陽光、空氣和水的地方，她們即能向外擴張，逐漸攀上目標物身體，一圈圈往上，直到目標物被糾纏得喪失自主意識為止。

於是說不定有天目標物結婚了，她們聚在喜宴的同一桌逐一表功，「要不是我，小珊哪天才結婚？女孩，要逼，為她們好。」甲阿姨應該被總統召見，掛青天白日勳章，死後送忠烈祠。

「懷孕沒？要快，快三十了，不生來不及。大姐，我有中醫師給的藥方，吃幾次幫助生孩子。」乙阿姨有遠見，NASA該聘她登上太空船，射進宇宙尋找適合地球人生活的星球，如果找不到，至少地球比較安靜。

「小珊的先生看起來不錯，做什麼的？有沒有未婚朋友？我辦公室黃如心，妳們見過啦，她女兒還沒找到對象，問問看小珊老公。」丙阿姨視天下所有未婚者都是她的責任，想盡辦法把她們全嫁出去為職責所在。

她們是國母。

因而當小珊剛過三十歲時，周六累得睡到中午，走出房間只見老媽黑著一張臉講手機，對方不外乎阿姨甲乙丙丁戊。

「好好假日妳沒事？」掛了手機，老媽炮火轉向小珊。

「本來要去喝朋友喜酒，懶得去了。」

「妳不去怎麼認識男生，快，洗頭洗澡，不准待在家裡。」

「懶得去。」

「叫妳去就得去。」

這類阿姨包括的範圍不僅母親的姐妹，凡母親的朋友、鄰居皆列入，她們是勢力僅次於扶輪社的台灣民間組織，不必繳會費、不用定期開會、不唱會歌，但存在的目標遠比扶輪社明確。

除了設法消滅不婚女性，阿姨們監督她們的目標，直到結婚、生子，一切都得按照她們經過的人生模式進行。

「房子在誰名下？」

「妳的薪水為什麼要分攤家用？」

「妳老公的姐姐還沒嫁？妳麻煩大了，幫她介紹男朋友。」

范仲淹在《岳陽樓記》裡寫道：「先天下之憂而憂」，正是這群阿姨寫照。

她們懼怕未婚女生也能得到幸福，動搖孔子以來建立的道德方尖碑，所以她們說：

「老小姐，都不考慮爸媽感受。」

「自己買房子？死了給誰？不行啦，快點找個男人。」

當未婚者愈來愈多，連總統也是未婚女性時，她們的價值觀受到挑戰，更急著逼迫周圍未婚女性繼承她們的價值觀。

於是小珊搬出父母家，寧可住小小貴森森的公寓，至少可以躲開每天藏在家裡陰影中的母親臉孔。

混合了多種臉孔的臉孔，不同角度能看到不同阿姨的側面、眼神、舌尖。

搬離父母家躲不開母親，她追擊到小珊住處亂翻：

「誰的刮髮刀？」

「我刮腿毛用的。」

老媽不甘心，拍下照片回去找阿姨們求證是否真用在刮腿毛。

「我當一輩子女人，怎麼不知道女人要刮腿毛？」老媽提出問題。

「男人刮鬍刀，妳女兒騙妳。」甲阿姨已經宣判。

「好消息，年輕女生刮腿毛表示她們找到對象了。」乙阿姨樂觀。

「哎唷，不行，腿毛愈刮愈粗。叫她去美容院，連根拔掉。」丙阿姨不自覺偏離主題。

「她給妳住處鑰匙沒？當然該給妳一副鑰匙，下次我陪妳去看。我有經驗，我家欣欣準三十歲結婚，沒得商量。」丁阿姨是殺手級老媽。

老媽抱定非成功不可的決心，星期二照樣直接打小珊手機：

「星期天陪我喝喜酒。」

「媽，我在開會。」小珊小聲說。

「黃媽媽女兒結婚，聽說找的老公不錯，星期天妳先回家，我們一起去。」

「我在開會。」

「打扮年輕一點，別又老小姐那樣子，聽說年輕女生流行破牛仔褲，露點腿又不吃虧，妳去買一條，不然我幫妳買。」

「我在開會。」

「妳爸不肯去，他說喝不熟人的喜酒無聊，死老頭，不曉得為女兒想。四點到家，不准遲到。」

「我真的在開會。」

「黃媽女兒年輕，聽說先生二十七歲，我看他朋友大概也差不多這個年紀，記住打扮年輕，別讓人看出妳的年紀。」

……

小珊媽媽轉頭向小珊爸爸告狀：

「看你女兒，居然敢掛我電話。」

遇到這種媽媽怎麼辦？

辦法一，完全不理會，別說星期日喝喜酒，連家也不回。下次回去要是老媽提起，假裝忘記。雖然作法有點不孝，但不能不讓老媽「斷念」，否則後患無窮。

辦法二，向老爸告狀，由老爸去對付老媽。

辦法三，雖然狡猾，但不失為一勞永逸的手段，星期日下午回去，打扮邋遢，最好穿運動服，回到家拉老爸聊天，要是老媽再催喝喜酒的事，就裝出可愛表情：媽，我不認識黃媽媽，不去。

無論哪種，結果當然引來一陣責罵，此時千萬學老爸，假裝沒聽見。

戀愛、結婚是絕對私人的事，與父母無關。

沒人反對婚姻，可是為父母結婚，不健康。

妹妹——不知誰的妹妹，她朋友都叫她妹妹——有她的絕招，每次回家當老媽開始關心女兒的未來時，她都這麼說：

「等妳老了，才知道有女兒陪著的好處。」

大部分做媽媽的內心有盞燈，女兒嫁出去，賺個女婿；女兒不嫁，賺個女兒，每天睡得好，看到女兒開心。

就我接觸的人來說，幸好這類價值觀強迫症的媽媽已經不多見，畢竟把女兒當成壓力，害女兒見到老媽也是壓力，多沒意思。

如果還有這類媽媽，請千萬別呼朋引伴組織成價值共同圈，母女間的事需要兩人善意的溝通，別讓女兒怕回家。

不對，這樣才對

——像我這樣才正確

「你為什麼這麼固執呢？」

「我是為你好。」

父母對子女婚姻、生子的期待，除了希望子女找到歸宿之外，有一個重要的自我價值存在感：你們看我結婚、生了你們，別懷疑，這就是幸福。

我吐個槽，如果這樣就幸福，未免貶低了幸福。幸福包括的範圍更大，未婚者的幸福、不生育者的幸福等等。

其中關鍵在於怎麼認定幸福，簡單點，當事人認定幸福即為幸福，不是為別人，為自己。

當事人認定的幸福有時與期望他的人發生衝突，傷腦筋了。

假設張本人覺得自己過得很幸福（很多人會罵：自私），他變得快樂，進而使他周邊的人感受到快樂（還是有人罵：自私），但如果他將自己認定的幸福強加於朋友身上（這叫推己及人），其他人未必能感受到同樣的幸福。

我健身多年，最初教練問我練身體的期望，我說希望減重、練出有線條感的肌肉。教練聽了之後，對我的期望產生與我完全不同的解讀，於是要求我減餐、減少澱粉的攝取，增加重量訓練，我從推舉十磅一路增到三十磅，肌肉逐漸被壓出來，卻和教練的期待仍有一段距離，再加重量，到四十磅、五十磅。他總是說：

「你行，給我信心。」

眼看肌肉變大其實很滿足，我對教練說，不想再大，只想要有點線條感的肌肉，因為練太大，將來萬一不練，肌肉下垂想必很可怕。

教練嚴肅指正我，要練就得長年練下去，這樣不用擔心肌肉下垂。

我和教練之間出現對於練出肌肉的解讀差距，他主觀認為我想練得像他的一樣大，否則怎叫肌肉；我主觀上的構思是不要這麼大，要的是均勻。教練聽不懂我口中的均勻，他的認知要大才叫肌肉。

教練好心教我，可惜不是我要的，不能說教練不好。每次進健身中心，面對教練的期許，壓力太大，我回家舉啞鈴、做伏地挺身輕鬆多了。

小時候家裡養過雞，也殺過雞，長大後不愛吃雞，能不吃就不吃，屬於人生歷史中的悲傷記憶。有些朋友對我不吃雞好奇，小賴尤其，他苦口婆心說明雞的營養與美味，我則說明我內心的創傷。

兩人各說各話，與雞無關，純粹對雞的認知不同。

有天他很生氣罵我，為什麼頑固到不接受別人的善意呢？

我吃水餃從來不沾醬料，理由無他，喜歡餃子皮的味道，沾了醬油，餃子皮的麵味受到影響。

小朱認定我對醬油之類的沾料不滿意，特地為我準備自製的辣椒醬，「你試試，保證你從此上癮。」

只好再說明一次餃子皮的味道多美好。

「你這個人怎麼了，固執，不接受別人好意。我是為你好！」

我練過太極拳，有次在朋友要求下表演了一小段，強尼看了搖頭還發出嘖嘖音，他說我的動作不對，可能跟錯了師傅，因為正宗楊氏太極拳不是這樣打，該那樣打。然後他說明正宗楊氏太極拳和亂七八糟假楊氏太極拳的差別。

「你哪天有空，我帶你去見我師父，你得打掉重練。別不情願，練錯傷身，我是為你好。」

如果我計畫參加比賽，或想練成太極拳高手，自然虛心聽教；我只是練了好玩而已，不需要太嚴肅對待太極拳吧？

不行，強尼非帶我去見他師父不可，有趣的太極拳一下子變成必須怎樣、應該怎樣的事情，很累。

再次強調，多謝這些朋友，他們出自善意，希望我更好，可是他們的「更好」和我要求的「更好」方向不同。

我可以跟小朱去吃水餃時沾他自製的辣椒醬，可以依強尼的指導修改我打太極拳的姿勢，但不必隨身攜帶辣椒醬、定期接受姿勢檢定吧？

接受他們的「我是為你好」，私下也可以「我為自己好」吧？

不提我了，說說小張，她上瑜伽課，而且樂在其中。朋友小莉聽說，馬上興奮地教她幾個動作。

兩人交換瑜伽心得，小張去A瑜伽教室，小莉是B瑜伽中心的長期會員，苦心婆心勸小張也轉到B中心，一再說明B中心多好。小張覺得A教室有朋友，已經很好，不用換。小莉生氣了：

「我是為妳好，為什麼拒人於千里之外。」

我們都是強迫症病患，不同程度地「強迫別人聽我們的」的病患，而且我們的出發點同為「都是為你好」。

我夏天喝啤酒，冬天喝紅酒或高粱，主因在於夏天一口冰啤酒下肚，啊，多爽快呀！

強尼也不同意，

「喝啤酒對身體不好，喝紅酒。」

我說僅夏天喝啤酒，天冷喝紅酒。

「不行，夏天也不宜喝，明天我帶你去家樂福挑紅酒。」

說明我喝啤酒不是酗酒，晚飯時一瓶而已。

「不行，傷身體。」

有回和他吃飯，八月，台北三十八度，一坐進餐廳我就叫了一瓶啤酒，強尼很生氣：

「不是叫你不要喝啤酒嗎？你這個人怎麼了，我是為你好！」

那麼我會不會強迫朋友呢？

當然也會，如果你願意做我朋友。

「不好，吃泡麵當然得有泡菜，像吃炸醬麵得加黃瓜，像吃牛肉麵得有酸菜一樣。」

你喜歡吃泡麵配起司？

「嗯，不對，試試看我說的，我記得你家門口那家便利店有賣泡菜，等下我送你回家順便買。」

你自己會去買？

「還是我陪你去買，萬一你買錯，泡菜買成泡芙。沒關係，順路送你。」

第二天晚上大約七點我叩他：

「不錯吃吧？什麼，七點還沒吃飯，快去吃，一個小時候再跟你說。」

一個小時後我再叩他：

「配泡菜了？沒去買？就在你家門口，坐電梯下去走兩分鐘，快去。聽我的話，泡菜和泡麵是最佳搭配。不試你怎麼知道不好，我是為你好。」

再一個小時：

「我說吧——什麼，你發誓以後不吃泡麵了？何必。啊對了，開封街那家牛肉麵館桌上就有酸菜，要不要明天中午去吃？我哪裡勒索你，喂，從頭到尾都為你好。說定，明天中午我去你辦公室找你。」

關於我為朋友好的過程，包括泡麵泡菜到牛肉麵酸菜，是動詞的變化形，如果回復到動詞原形，它的原形是：

「XXX，叫你吃泡菜就吃，不吃我煩死你。」

你要加油，跟上我們進度

——功課不好是你不用功，是你資質有問題

「你很笨咧，連這個都不懂。」
「你以前功課不錯呀，看看你現在。」

不久前台中市發生一件學生自殺事件，據新聞報導，這名學生功課不差，因為在校內喝酒、抽菸被老師發現，從此常被教官、老師攔下無故搜身、搜書包，且公然辱罵。學校師長甚至在缺乏證據情況下誣陷該學生偷竊五百元，且一再施壓，而使這名學生走上絕路。

想起我小學時發生的事，本來念公立學校，一次颱風造成水災淹了我家，事後整理頗費時間，我媽擔心耽誤我功課，便將我送到木柵大表姐家。大表姐是我第二個媽媽，待我如自己兒子一般，用盡關係幫我轉進溝子口一間私立小學，希望對我學業有幫助。

先說明，大表姐收留我還為我費心，迄今感激不盡，至於學校，當地名校，原本也該不差，可惜——或許我不是念好學校的材料，用文言文比喻最恰當：資質駑鈍。

好好回想，嗯，學校大門是兩根方形磨石子的水泥柱，進去後是條兩邊修剪整齊的綠葉叢。下過雨，中央的柏油路面泛著水光，轉進左邊小路就是學校，一個一年級一班，總共六班。水泥造的二層樓校舍，前面草皮，沒有運動場，可能沒差，這所學校的學生很少運動。
學校占地不大，周圍被高高的椰子樹還是什麼樹包圍，上課時想看天空，得調整我腦袋的角度才能找到有空隙的樹梢，看到一角蔚藍。
至於學校以外的地區，聽說是什麼公務機構，進出的男人穿中山裝，女人穿旗袍，校方再三交代不得超越校園的範圍，否則記過。
可以說學校封閉於一個大而整齊的區域內，三層樓的水泥建築，每棟貼著標語牌，應該有「精誠團結」、「反共復國」之類的，裡面辦公的大人腳步很快，早晨傳來集體跑步的「答數」聲。

第一天上學便遭遇難題，其他人穿制服，我的制服尚未做好，穿便服。他們穿短褲，我穿國小的卡其長褲。他們的皮鞋擦得晶亮，我的輪胎底球鞋早分不清白色還是灰色。他們說話輕聲，移動椅子用挪的，公立國小的學生用拖的。當我隨校長步入教室時，沒人看我，一個也沒。烏龜走進兔子窩，兔子忙著啃胡蘿蔔那樣。

「你坐這裡。」校長指著角落最後一排最後面一張桌子。

他沒把我介紹給全班同學。

上課鈴響，老師走進教室，班長發口令「起立」，大家起立，和國小不一樣，國小的起立歪七扭八，他們站得筆直像軍人，而且不是向老師鞠躬，他們行三個指頭的童軍禮。我的腰彎了一半，幸好我坐最後面，沒人看見。

第一堂數學課，迎接我的是考試，看其他同事動作一致收拾課本放進抽屜，挺直腰桿，個個準備周全接受閱兵。

私立小學一向超前「進度」，教的比公立小學快，想不通的理論，自命為好學校的特別愛「超前部署」，學生因而超前長大？

假設運動場的跑道長一百公尺，規定三分鐘後在終點集合，我可以慢慢走，蹲下看螞蟻搬家，再打兩個滾，準時於三分鐘抵達終點就好，私小不來螞蟻、打滾這套，每個人急著於一分鐘後即抵達終點，然後站著發愣，並對也於三分鐘內抵達終點的看螞蟻同學嗤之以鼻。

他們二年級下學期上三年級上學期的課，六年級上初中的課，訓練出從小趕往人生終點的習慣。

三年級上學期，公立小學還在加減乘除，說不定很多人仍努力背九九乘法，這間私立小學已經進入植樹問題。

植樹問題教的是邏輯而非多高深的演算，例如十公尺長的馬路，每隔兩公尺種一棵樹，兩側都種，頭尾都種，請問一共要種幾棵樹。

答案是：十除二，等於五棵，頭尾都要種，所以加一棵，兩邊都種就是六棵乘二，等於十二棵樹。

——沒錯吧？我數學很爛。

在此之前我從沒遇過植樹問題，一堂課的時間殺死不少腦細胞，後來勉強完成，不料老師加一句：要畫圖。

靠，數學題目畫什麼圖？於是我看著窗外校園，用想像畫出一個種滿樹的公園，中間一條小徑，樹上有隻小鳥或一坨大便——我常把鳥畫成其他東西，缺少美術天分。

老師看著我的考卷，看很久終於抬起頭、抬起眼鏡後面的眼睛，

「你在考卷上亂畫什麼？」

原來老師要我們畫圖的意思是畫一條筆直的馬路，再每五分之一畫一棵意象性即可的樹，不是寫生。

我新學生，老師多指點一下會怎樣？

不行，私校老師太高傲，太認定他們得天下英才，才教之。

交上去的考卷成為全班大笑話：

怎麼有人笨到把數學課當成美術課！

夠陰毒的學校吧？

那天之後，老師每次刻意當著全班同學對我說：

「你以前念一般學校，成天玩，這裡不一樣，要加油跟上我們進度。」

「一般學校」成為我的緊箍咒，每次老師提到這四個字，我的頭就痛。

分析「要加油跟上我們進度」這句話。

一呀，你程度差，要「加油」。

二呀，你以前學的全是屁，快快「跟上我們進度」。

三啊，跟不上是你不加油。

再次強調，私立小學三年級，班上約四十名學生，比公立國小的五、六十人少很多，彼此很少交談，中午休息時間他們真的趴在桌面睡午覺，沒人跑出去玩躲避球或幹條仔[1]。

也有不睡的，他們趴在桌面看腿上的書，記憶所及，有的背英文字母，有的看下午才要教的課本。上課一星期，同學名字我連一個也沒交換到。

如果那時有社群網站就好了，打開手機伸出螢幕：

「同學，加個 LINE。」

在那所學校念了一學期——我算算看，五個月，一周五天半，大約一百一十天耶，被碾壓、羞辱一百一十天。老師對我說「要加油」像打噴嚏、打嗝，純屬生理自然現象，我是花粉、塵蟎。

周六中午放學我搭公車回林森北路的家，當車子繞過卡在山路內的世新（現在是大學）進入景美，原來綁在身上的枷鎖立刻消失，我還活著。受不了，三年級下學期轉回原來的台北市立長安國小，從此過著比較幸福一點的日子。

那所私小的校長、老師可能擔負升學壓力（那時初中得考試入學），教的進度快，對學生的要求高，這些可以理解，校方沒料到全是兔子的學校裡，突然來了一隻烏龜，兔子老師免不了以白眼看烏龜、免不了奚落烏龜、免不了責怪這隻烏龜為什麼跑進兔子籠裡找兔子老師麻煩。

高傲哪，平常他們趕進度似地教書，沒機會眨幾乎盡是眼白的勢力眼，一

1 當時男生流行的遊戲，又稱「阿魯巴」。

旦來了個跟不上進度的學生，高傲的態度不由自主出現。

對了，像晉惠帝的「何不食肉糜」。他生長在皇宮，吃喝拉撒都有人安排好，聽說老百姓沒飯吃，他以為真是沒有用米煮成「飯」可吃，告訴臣下：可以吃肉羹呀！

晉惠帝與老百姓發生認知差距，誤以為每個老百姓都像他，隨時可以吃肉羹這類尋常食物，分不清若無錢買米，哪來錢買肉。

私校老師也如此，他在暑假補習時已經教過學生植樹問題怎麼畫圖，居然平空跑來個白痴學生畫寫生圖，忍不住發問：

「你怎麼不畫肉羹？」

當老師臉上成天掛著兔子表情，烏龜就死定了，見到烏龜學生便說：

「要加油，跟上我們進度。」

頓時，我生活在恐懼之中。

班上有位同學夠意思，好心教我老師口中的畫圖是什麼意思，用直白一點的文字說明我的心情吧：

我操，不早說。

這位同學姓曹，戴眼鏡，無領西式制服外套裡面不分四季有件藍色雞心領毛衣，講話時先推推眼鏡。

「數學課畫圖要用尺。」

他打開鉛筆盒，裡面排列著尺、鉛筆、圓規、橡皮、削鉛筆刀。

「這是什麼？」我指圓規。

他推推眼鏡，

「你很笨，你們國小的都這麼笨啊？」

從此以後全班只有他跟我說話，其他人透過他偶爾和我說話，老師除了叫我加油，別的事也由曹同學通知我。

我是我們那班的關鍵少數，六個年級六個班比賽儀容、秩序，阿里不達一大堆，如果我的皮鞋沒擦亮扣我分數外也扣我們班的總成績，經過曹同學轉達，同學關心最多的是：

「別的同學說你皮鞋擦得不夠亮，你有手帕沒，吐口水在鞋頭，用手帕擦。」

「別的同學問你外套燙過沒，星期日一定要燙，星期一上午會檢查。」

當曹同學轉告我他們的警告時，其他同學照樣不看我，不過我看得出他們的耳尖抖動，《魔戒》裡精靈耳朵，專心聽森林內已活了幾百歲的樹伯說話。

中飯由學校提供，私校嘛，講究營養，同學自備碗筷盤子與湯匙，不能亂帶，要去市區的金門街指定店購買。第一個星期我用某位老師離職後留下的，可能很不屑這種搪瓷碗筷，他沒帶走。

憑良心說，以前沒吃過如此美味的午餐。我媽做的江浙菜一流，差點去餐廳做廚師；我表姐嫁給山東人，練出一手餃子絕技。私校做的不一樣，沒有濃郁的醬香、肉味，每一道菜乾淨無比，青菜是青菜味，雞是雞味，不時出現我在家很少吃到的蓮藕、栗子和荸薺這類精巧的蔬菜。

以後沒再吃過如同私小營養午餐的味道，我想廚師可能是處女座，每天花很多時間保持每樣食材的完整性，不彼此影響。

午餐時教室前面由兩張摺疊桌拼成長桌，上面擺四盤菜，桌子左邊是飯桶，右邊湯桶，學生拿小盤子排隊夾菜進盤子、盛飯盛湯回座位吃，老師盯著是否有人不夾青菜。

我貪吃，第一天夾很多菜，其他人假裝不看我，用眼角餘光瞄我，後來曹同學對我說：

「班上沒人相信你能吃完，你還真的吃完。你很笨咧，學校規定不准剩一粒飯，如果吃不完你就死了。」

如果不是純淨、聖禮般的午餐，我可能早蹺課回台北念公立國小了。

因為曹同學有事沒事說我很笨咧，一個星期後幾位坐我附近的同學替我起了「很笨咧」的綽號，大多這麼說：

「這堂是國語課啦，很笨咧。」

「很笨咧，書包不准裝零食，抓到要記過。」

「你皮鞋沒擦，很笨咧，你死定了。」

如果換成長安國小，誰叫我笨蛋，我會跳上去抓他卵蛋，抓到他痛不欲生。大頭跟著踹他屁股，我們超愛在別人卡其褲的屁股上留個鞋印。

私小不同，其他家長和大花園裡上班的一樣，穿中山裝、穿旗袍。同學可能連打蟑螂的經驗也沒有——我打給他們看過，脫下左腳鞋子把蟑螂打得稀巴爛。很多男人當場掩住眼睛喊：

「好可怕，很笨咧，我爸噴DDT。」

我表姐那時四十出頭吧，她個性開朗，用我媽的說法：大手大腳。為了我，她得硬把今天的身體塞進五年前的旗袍，真難為她了。

不能讓大表姐老到學校聽校長訓話，所以我對「很笨咧」不敢有反應。

曹同學可能在班上沒朋友，最常找我說話。找我說話似乎有礙他身分，得注意沒人看見的時候對我說一兩句：

「星期六上課要考英文字母，很笨咧，你以為星期六來學校可以打球啊？」

英文字母？我從未上過英文課啊！

「你不看學校發的課外讀物那張單子喔？上面有寫，這學期至少要會二十六個字母，很笨咧。」

明明周六課表上沒英文課。

「自習課，看到沒？很笨咧，自習課。怕被督學抓到，學校都寫自習課。」

私小的教育影響日後台灣人七十年的生活，我們大多活到八十歲，沒活到的不遺憾，活超過的已經忘記遺憾是什麼，不過總有人搞出一堆宗教、仙丹、健保不給付的玩意兒，想盡法子讓我們躺在病床提前抵達八十歲，看後面的人以緩慢的步子走來。

和三分鐘走完一百公尺一樣，寧可先到終點無聊地等待，不肯將三分鐘花在每一公尺。

我們迫切到達終點，忘記過程中的風景——如搬家的螞蟻。

那一百一十天的日子，只能用度日如年形容，我坐在教室最後面位子，老師們可以全體一致假裝沒看到我，從來不問我懂不懂，從來不叫我到黑板前寫解答。他們用植樹問題排擠眼中不該出現的烏龜，甚至對我大表姐說：這隻小烏龜不適合念我們兔子學校。

目的明確：你最好早點轉學。

手段百毒門，作法岳不群：讓你崩潰。

把我數學不好全部歸咎那所私校的老師未盡公允，我從此厭惡數學倒是挺真實，它勾起我的恨、我的自卑。

轉回長安國小的第一天，全班鬧烘烘，風紀股長站在黑板前努力維持他職務上的尊嚴，女生忙著玩紙娃娃，我剛從地獄回來，看著紛擾的世界，明白天堂長這個德性。

數學成績依然很差，到了六年級快畢業要考初中了，教我們數學的老師姓陳，他很少刮鬍子，酷酷的，有天對我說：

「你可以，別放棄聯考，去考考看。」

他本來也可以說：加油，聯考需要你，很笨咧，不然考不上的人不夠多，不能突顯考上的學生多超前部署。

我去考了，瞎貓碰上死老鼠有了初中可以念。

「別放棄，去考考看」和「你要加油，跟上我們進度」，看似相同，語意截然不同，前面那句鼓勵，「考不好沒什麼損失」。後面那句勒索，「你是豬啊，快點跟上」。

該死的是國中二年級遇上另一種兔子型老師，教我們英文，本來跟得上進度，一個寒假後忽然完全聽不懂老師講什麼，只記得老師每次不停地用英語說「哇哈，哇哈」，到底哇什麼，哈什麼？

兩個星期後搞懂，班上十幾名同學寒假去老師家補習，從此出現進度差距老問題。意思是超前部署僅限去補習的。

「哇哈」是英文，原文為 work hard。

這次狀況較好，全班五十多人，三十多人沒補習，一起接受漠視。這三十多人陸續醒悟，不少加入老師家裡的補習，有些則冥頑不靈，抵死不從，我是其中之一，老媽常常擔心，問我要不要去補習，我豪情萬里，不用。

其實我打球時間都嫌不夠，哪願意放學後去補習。

最後剩下十多名不去補習的傢伙，長得明明像兔子，卻被視為烏龜。慢慢烏龜彼此同情匯集成小集團，這是壞學生的源起，日後逐漸演變或進階為不良少年乃至於流氓。我沒變成不良少年，主因是太愛打籃球，沒空去不良。

喜歡打球的孩子不容易變壞，真的。

我們被迫提早叛逆，打完球偷拿參加補習同學的便當盒，吃到剩一口白飯再塞回蒸飯間，不然幾個人合抽一根菸輪流罵老師。

英文老師定期約見不補習的同學，他從不開口叫我們參加補習，他謙虛的說法是，你一年級英文成績不差，看看你現在。

看看你現在！

拒絕補習的前提下，兩種回答，第一種：是，我會努力。第二種：一年級的英文老師比你好。

我膽小，一定回答第一種，否則如今應該是黑幫老大。

從老師的角度看：你自暴自棄；從學生的角度看：你情緒霸凌。

老師從未叫我去他家補習，你為什麼不直接說，搞不好我熱愛補習勝過籃球。死傢伙，你說呀！

老師不說，他用別的方法讓我自卑，讓我為低下成績自我憐憫。這種情緒勒索下流至極——

對不起，我用詞已超越勒索，近乎威脅了。

成長期的孩子喜歡屬於群體，人生由一長串群體構成，例如：

「什麼，你小學也念長安國小。」

認同化解了陌生。

「對對對，以前我也在高架橋下打籃球。」

成長背景相同，可以講同樣語言。

「你也哈佛的？」

可以搞個揪高貴的俱樂部了。

另一種群體更結實：

「你混哪裡？」

「松基十一村。」

「怎麼沒見過你。」

敵意已減去七分。

「操，我才沒見過你。」

「當兵在哪裡？」

「關東橋。」

「不會吧，我步二營二連，你呢？」

「步二營營部連。」

很好，三分鐘後他們已經分享同一鍋血汗，可以叫酒開喝，學劉關張義結金蘭了。

偏偏成長期中，師長一再用漠然的態度、尖酸的指責逼使某些學生退出他們以為已被認同的群體。

大多數學生會隨師長態度移轉感情，有點像斯德哥爾摩症候群，為討好老師而跟著敵視某些同學。

當學生被迫退出已被認同的群體，心靈受到的創傷難以丈量，一種學生自行吸收，變得自閉、自棄，另一種尋找其他接受他的新群體。
老師並未對學生施暴，卻將自己情緒加在學生身上，可怕程度超過體罰。
學習過程漫長，看不到終點。前陣子我去演講，來聽的多是成年人，其中一人再三用誇獎、鼓掌與認同的方式打斷我的說話，當時我八成把不高興擺在臉上。會後聽見主辦單位向一名聽眾做意見調查，這位女性聽眾回答：
「演講很棒呀，只是有位聽眾可能過動症，太興奮了。」
靠，我痛罵自己，怎麼沒看出那位話多的朋友可能過動症，我擺臭臉幹嘛！因為我的情緒想必多少影響其他聽眾而令這位朋友於感覺上被孤立。
張國立，你是豬啊，白活了。
愛爾蘭著名的短篇小說作者威廉．崔佛寫過一則故事《網球場》，大意是擁有網球場的老太太和幾名青少年感情好，提到一次大戰時她守在家鄉等從軍的丈夫回來，為安慰自己，發明了「平均法則」安慰並設法製造希望。

理論是這樣的，老太太看著政府傳回死亡名單，裡面沒有丈夫，於是她相信丈夫能活過戰爭，因為每場戰爭都有陣亡者與倖存者，中間必有平均值，如果死的夠多，她丈夫必然在死亡平均值之下，活著。

老太太的想法有其黑暗面，就是祈求別人先死，這樣她丈夫才能活。果然老先生戰後返鄉。

讀到這裡，我的腿毛一根根顫抖，如果老太太把她的「平均法則」說出去，陣亡者家屬多難過，戰爭變成希望別人先死。

崔佛的小說一向以反省為主軸，小說後段，老太太為她重新整理好的網球場辦了派對，許久不見的鄰居都來參加，可是籠罩著說不出來的陰鬱。原來另一場戰爭（二戰）又即將爆發，老太太想到她的「平均法則」，看著參加派對那麼多可愛的年輕人，其中竟有一半將死在戰場哪！

我們不能隨意將學生分成好的、壞的，沒有平均法則，每個學生都是好的。

「平均法則」屬於負面省思，我們多用自以為是的標準看別人，不符合此一標準者遭到我們不自知的歧視，忘記全世界最無意義的當屬標準，誰立下的標準稱得上「標準」呢？

我想，較好的方式是換成對方的立場想，不要太快下結論。當老師發現學生在校喝酒、抽菸，該想的是他們為什麼喝酒抽菸，而非因為他們喝酒抽菸就是壞孩子。

至於我那私小一學期的老師、國中的英文老師，我得從他們的角度想……他們，他們——他們不過就是怕我拖垮辛苦建立起的平均法則，不過就是想賺點錢罷了。

——不行，無法說服自己，他們不能這樣對待學生。

在此慚愧且誠摯地向那位在桃園圖書館聽我談小說的朋友道歉，向那天在場的所有朋友道歉。

你們可以罵我「很笨咧」，但僅限一次，超過一次，你們太情緒化，就需要反省了。

我為你犧牲了家人，你打算怎麼補償？

——愛不會老，只是會生鏽

「你對得起我嗎？」

「你想怎樣？」

「我沒逼你，是你逼我。」

不倫之戀一直是種難以評估的感情，其間夾雜太多與感情無關的因素，可是我相信當中包括了一旦愛情之火燃燒所激起的占有欲。例如：

我這麼愛你，你當然也得這麼愛我。

我為你奉獻一切，你當然也得為我奉獻一切。

你要我的全部，請拿你的全部來交換。

曾採訪一起婚外情事件，二十多歲的女孩和四十多歲的老闆發生戀情，鬧得老闆妻子站出來指控女孩是婚姻破壞者。

女孩到我當時工作的單位，表示願意接受專訪，以反擊男友妻子的指控，採訪主任見多識廣，他對女孩說了幾個重點：

「妳願接受採訪，我們當然歡迎，不過不論妳說什麼，一定傷害妳的男朋友，他不只有妻兒，還有父母、兄妹，家族內出現的指責恐怕已經排山倒海，你們承受得起嗎？」

女孩咬著嘴唇點頭。

「妳接受我們採訪，拍了照片，妳長得又漂亮，接著其他媒體追著妳採訪，可能守在妳公司、妳家門口，承受得起嗎？」

她花了點時間思考，再點頭。

「指控妳的不再只是妳男友妻子，社會上會出現許多妳聽得很不順耳的意見和指責，妳承受得起嗎？還有妳的父母、妳家人，承受得起嗎？」

她轉著眼睛想法子不讓淚水滴落，再點頭。

「可能很長一段時間妳會成為某種代名詞，遇到名人外遇事件，媒體大概又翻出妳的名字，承受得起嗎？」

她已兩手掩住臉孔。

「最可怕的賭注是妳男友，萬一壓力太大，他承受不了，說不定和妳不再來往，到時只剩妳一個人面對惹出的是非，承受得起嗎？」

她放下手說話了：

「你們問什麼我都回答。」

盡到告知的義務，專訪便火力十足呈現在當期雜誌。

長久以來愛情與婚姻串在一起，愛情的目的是婚姻，婚姻則是愛情具象化。也因此，婚姻有時變成愛情的墳場。

多年前在北京的新書發表會上提到愛情一旦昇華為親情，便不再變化，持之以恆了。一位女性讀者很不以為然，反駁愛情變成親情，就不浪漫，愛情就死亡了。

她說的也有道理，對愛情抱持憧憬是它存在的主要價值之一。我的親情理論太真實，太不夢幻，太不符合當時許多女生的期待。

二十年前日本輿論界討論「熟年離婚」。當時日本的團塊世代（嬰兒潮時期出生的人）開始大批退休，他們享受退休金與月退俸，理論上應該日子過得不錯，不過因為過去四十年生活裡只有工作，退休下來不知怎麼辦才好，很多每天早上看報紙，下午看電視，窩在家裡等老婆做三餐。最常見的情況是才吃完中飯便問老婆：

「晚飯吃什麼呀？」

我好奇地問日本朋友，退休下來的男人為什麼不找朋友打打球、爬爬山？原來日本上班族養成不打擾朋友的習慣，怕找朋友吃閉門羹。也算為了面子吧，只等朋友來電話，很少主動去邀朋友。

換成女人的角度，她們覺得半輩子守在家裡養育孩子，如今總算兒女都長大，不必再操心，卻回來個老頭，成天當沙發上的馬鈴薯等著吃飯，害她們也不能好好過點輕鬆日子。再說按照日本的法律，熟年離婚的女方可以分得男方一半的退休金，那麼乾脆自己一個人還舒坦些，乾脆離婚自由些。

忽然想到五年前夏天，日本鐵道公司每年暑假發行一種叫「青春十八」的火車票，很低的價格買到七天有效期的車票，七天內無論坐多遠都沒關係，但有個條件，只能坐普通列車，也就是幾乎每站都停的慢車，原意是鼓勵年輕人利用暑假到處玩，不過我在車上卻遇到一位七十八歲老先生，他說每年暑假買兩張「青春十八」，七月和八月各一次，獨自坐火車到處去走走。

為什麼不夫妻兩人一起呢？他說：

「妻子不肯，她寧可在家休兩個星期的假。」

喔，原來家庭主婦也需要休假。

男人在黃金歲月忙著工作當然是好事，可是忽略了家庭生活，日後顯然得付出極高的代價。

另一個朋友在台灣某家大企業工作，三十歲那年隨老闆去日本開發市場，當場決定在日本設立分公司，要我這位朋友留下負責。這是不得了的好機會，才三十歲就能獨當一面，而且如果做得好，說不定從此鯉魚躍龍門，可是朋友拒絕，他說兩個孩子還小，不能離開家。

從此他在公司內被視為不知長進的頑劣分子，老闆甚至連見到他都露出嫌惡的表情。

為了家，忍辱負重，朋友繼續工作到退休始終都是小職員，他斷送了人生最佳的機會。那麼如今他後悔嗎？看樣子絲毫不後悔，因為上個月他與妻子一起參加旅行團去日本看櫻花了。

妻子名字是易凡，一聽即知替她取名的父親八成是瓊瑤迷。我朋友結婚四十年來愈老愈愛老婆，他的名言是：

「易凡在的地方就是我家鄉。」

可惜不是每樁婚姻皆如此，三年前一對老友夫妻離婚了，他們結婚近三十年一起經營小吃店，生意不能致富，但養大二名孩子，女方認為她受夠了，想呼吸新鮮空氣，男方最初很不願意，離婚三個月後也坦然開展新的人生。

我猜他們在三十年婚姻裡從早到晚從工作到生活都在一起，難免磨損愛情，只要出現一點點火花，可能釀成遷就對方所形成的壓力，否則無法延續婚姻，終於孩子長大，失去遷就對方的必要性，不再遷就了。

看來婚姻未必能把每一對愛情帶到終點。

關於不倫之戀，日本作家渡邊淳一寫的《失樂園》最具日式風格，已婚的女主角與醫師丈夫感情日益淡薄，而與事業不順利的男主角發生關係，被醫師老公知道，明白表示不會同意離婚成全妻子，黑函也寄到男主角辦公室，使他難以繼續工作。

兩人決定去輕井澤，於做愛高潮時服藥自殺。

小說後來拍成電影，由役所廣司和黑木瞳主演，轟動一時。

《失樂園》表達日本社會對婚姻關係中的男女，設下嚴密規範，一旦越界即受到社會的唾棄，男女主角認為愛情極其私密，既然不能被接受，以死明志，當然也是某種抗議。

愛爾蘭作家威廉·崔佛（William Trevor），曾被譽為英語世界最偉大的短篇小說家之一，二〇一六年病逝英國，享年八十八歲。他寫的小說，大多人物單純，發生的事情單純，但透過不同人物的省思，展現事件的多重面貌。《辦公室戀情》（*Office Romances*）寫的也是不倫：

年輕的安琪拉換了新工作，她認為自己是貌不出眾的尋常女孩，隱形眼鏡使她的眼球突出，皮膚留下青春痘肆虐後的痕跡，不過新公司竟然有位中年頗具紳士風度的史佩爾先生追著她不放。

史佩爾帶領安琪拉進入辦公室的另一世界，下班後許多同事進酒吧喝酒或者吃晚飯，成雙成對的同事可能其中一人已婚，不過辦公室以外的生活似乎不影響他們辦公室內的戀情。

一個巨大的泡泡包住辦公大樓，是獨立的、有其生命的，進入之後，所有人應該忘記外面的身分，享受裡面重新的單身。

當然，最後總得步出泡泡，有的回家看妻女，有的回到寂寞。

艾薇加爾已五十歲，和已婚男友維持了二十三年的戀情，依然美麗，現在看著年輕的安琪拉在史佩爾的摟抱下也步進了泡泡。艾薇加爾想，無論這種愛情多麼虛假，至少給了她感情上的獨立和回憶。

安琪拉則陷入困惑，應該抓住此刻戀愛的感覺，還是拒絕可預見的辦公室不倫之戀悲劇性結局？

小說並未告訴我們安琪拉的抉擇，留給讀者思考。

回到我那時的採訪主任，他溫和且明理對涉入他人婚姻的女孩說明得失，女孩仍堅持公開她對原配的反擊，我們當然刊登專訪內容，新聞鬧得更大，我明白女孩寧可冒著愈來愈大的風險也要贏得男人的決心，她不是安於泡泡內隱密戀情的女人，她要的更多，她要全部。

努力的確得到回報，男人離婚，不久和女孩結婚，從此過著她不顧一切爭取來的幸福，有了孩子，所有人逐漸淡忘當年的新聞。

二十年後，男人老了，女孩也步入中年，他們再登上新聞，協議離婚。雙方未透露細節，記得他們的讀者年紀也大了，看到新聞頂多感慨幾秒鐘。男方去了日本，女孩帶著孩子去了美國，三個月後無人在意他們的分手。

幾經打聽，離婚主要原因在於過去始終糾纏他們，男方只要做出一點點令女孩起疑的行為，她便會義正詞嚴地說：

「我犧牲了一切，為了你。」

男人在女孩無所不在的監視下也失控地回嘴：

「妳犧牲一切？我呢，我沒犧牲嗎？」

據說他們後來相互碾壓得十分慘烈，男的老了，難免想念前一段婚姻所生的子女，而且男人怕麻煩，不願對年輕妻子說出他內心那塊空洞的寂寞，乃私下和已長大且成家的兒女聯絡。

我們都清楚離婚使孩子內心空洞的那塊更巨大，迫切想和父親恢復來往，這位父親抱著補償心理，恨不得提供一切。年輕妻子知道了，她很明理地說：

「你可以跟我說呀！」

這使男人愧疚，一再道歉，並接受女方所提的：

「以後你和他們碰面，先告訴我。」

男人做了，一開始他都說今天晚上和兒子、女兒吃飯，吃完飯回家不能不說見面的情形，談了談孫子的可愛、外孫女的聰明。於是妻子冷淡地回覆：

「你和我也有小孩。」

碰，男人啞口無言。

往後該再和前段婚姻的兒女來往嗎？親情存在，躲不掉。妻子再說：

「哪天請他們來家裡吃飯？」

來家裡吃飯，男人想到不由得背心直冒冷汗，這頓飯能吃嗎？

接著只要他晚回家或說外面有應酬，妻子馬上聯想他是去看兒女。看兒女的問題不大，不致引發家變，妻子有天改變問題：

「沒見你前妻嗎？」

說著，她將手機伸到男人眼前，

「你前妻保持得很好喔，商場女強人，看起來才四十歲。」

男人不知怎麼搭腔。

「還未婚耶！」妻子補了一句。

衝動的男人會失控：

「妳到底想怎樣？」

他忍住，不過內心想的仍是妳到底想怎樣。他回答：

「小孩無辜。」

「小孩無辜，你的小孩還小，他們最無辜。」

挺可怕的相互控訴，用孩子作為控訴工具。

他們婚後若安於生活在忘記過去的泡泡內，生活應該幸福平順，可惜總有想伸腳邁出泡泡的時候，一伸出去，過去種種為爭取愛情的醜陋記憶便包圍上來，灰塵般大小的過去能引燃巨大的爆炸。

記憶變成負擔，尤其是兩人共有的記憶。

我認為男女間的感情像瓷器，破一點點雖經高手修補，裂縫永遠無法消失，稍不當心，裂縫延伸，破得不可收拾，因此最好不要讓它有發生裂縫的機會。

裂縫出現，還真不容易修補。

隨之而來的是遺產問題，發生在男人進醫院裝支架之後。

妻子因男人和之前所生兒女來往密切，而她生的孩子尚未成年，眼見男人身體遠大不如前，提出預防性要求。

按照台灣的遺產法，小孩都有繼承權，妻子提出的是：

「當初你付過贍養費，他們不能再來要。」

妻子問過律師，將所有法條一一告訴丈夫，

「萬一你怎麼樣，我們怎麼辦？」

不是房子在妳名下了？

「你公司呢？你的股票基金呢？」

醫生再三叮囑不得動氣，看情形很難。

「你把所有事情辦好。」

辦好什麼事情？

連續折騰了兩年，男人接到之前兒女傳來的訊息，不知道怎麼回答。現在的兒子已經十七歲，什麼都懂，在網路上找到從未謀面的姐姐，還聊得開心，問爸爸：

「哇，姐姐的小孩好可愛，她約我去她家玩。」

媽媽在場，她一句話不說拎起包包出門去了。

我能了解她的心情，不僅老公心向前妻生的兒女，連自己的兒子也這樣，她在家裡被邊緣化，而她不能斥責兒子不得與姐姐來往，她得假裝大方，假裝心胸大到能裝進老公所有的過去。

然而她不能，她只是尋常的人，有對愛情與婚姻的完全占有欲，誰也別想分食。

逼老公移轉財產的行動變得劇烈，有天她進公司查帳，嚇得財務部門不知該不該列表交給老闆娘。

影響到公司員工心情就不對了。他請妻子到當初戀愛時最常去的西餐廳，平靜地說明公司業務、銀行貸款，未來發展方向。

「裝了支架而已，我不是恢復打球了嗎？很多朋友裝支架活到今天，還是一尾活龍。」

「公司將來交給誰？」

交給誰？

「交給兒子，妳生的兒子。」

「他還小，念大學、出國念研究所。」

「十年，我等他十年。」

「萬一你等不到。」

這樣子話講不下去，男人很想說：妳想怎樣！

他們的離婚不是因為愛情生變，而是女方隱隱感受外面來的挑戰，他的前妻與子女。女人，保護子女是天性，她為兒女著想，不得不要求老公和前妻一家畫清界限。

男人處境尷尬，兩邊都是自己親生子女，天底下沒有父親能對子女說：

「喂，我老婆不喜歡我和你們來往，明天起假裝不認識。」

告訴我這些內幕的是同業老強，他說得口沫橫飛，我聽得寒毛直豎。

老強也有自己的故事，曾經精神外遇，經常出差採訪，強太太從報社同事的群組貼圖發現拍照時老強都站在一名女生後面，她做事明快，立刻著手調查，女生是老強同一單位的新進編輯，未婚，長得不錯，出過詩集。老強年輕時也寫過詩，不妙。

以往強太太從不參加老強公司的員工旅遊，這次的天元宮賞櫻之旅她主動要求參加，老強雖然同意，看得出不太情願。

天元宮的櫻花林前合照，老強離女同事遠遠的，和強太太站一起，而且不論拍照或散步，老強皆遠離同事。

這種事最好別拆穿，讓老強知所警惕即可，但強太太個性剛強，回到家兩人熄燈上床時她說：

「你是有家的人，不比未婚年輕人，行為上要知道收斂。」

老強聽懂了。

事隔半年，老強並未停止有機會即與女同事聊天什麼的，有天兩人中午在餐廳吃飯，老強看到窗外站著強太太。

多年前的事了，直到今天，老強夫妻同時在場，開口的幾乎是強太太，老強變得很悶，小媳婦模樣。他清楚瓷瓶出現小小裂縫，得捧著，千萬不可讓裂縫變大。

我想，愛情得付出，婚姻得遷就，否則彼此在一紙合約範圍內相互對抗，實在辛苦。

我問老強，「他們就因為前妻生的兒女離婚？太扯了吧！」

「不扯，」老強看著我笑，「影響婚姻的原因千奇百怪，你最好當心。」

年輕妻子提出最後通牒，她加入公司董事會，她決定替兒子先學習如何經營老公的公司。

不是搬家公司，ＯＫ？明天通化街那家的搬家工作交給妳，這裡是貨車鑰匙。

連煎蛋餅至少要得懂鍋子內的油熱到什麼程度。這是公司財報表，數字會說話，請慢慢和它溝通

「你前妻是商場女強人，我不行嗎？你教我呀！」

教？男人了解問題在於女人要他交出一切，才符合她安全感的期待。

男人對律師抱怨，明明妻子睡隔壁房，有時晚上突然醒來，只見黑暗中床尾站著一個人，妻子咬牙一字一包地說：

「我為你犧牲一切。」

大兒子來電話，阿姨約他見面，問他到底要什麼？

「爸，你老婆讓我難堪，我沒跟你要什麼。」

二女兒來電話，她的脾氣像媽媽，快刀斬亂麻，不廢話：

「老爸，叫你老婆少來煩我。」

男人徹底明白他想擁有四名孩子的夢想破滅了，他得選擇。要這邊的？要那邊的？

妻子待在家裡的時間很少，有時晚上不回來，偶爾碰面講上話，她總說：

「我沒逼你，是你逼我。」

和有沒有第三者無關，卡著孩子，事情就難解了，因為無法割捨孩子。

即使回家見到妻子，她坐在客廳看電視，見他進屋，馬上調高音量，意思是你不要跟我說話。

男人覺得婚姻無法走下去了，過度被往事和財產扭曲。妻子認定老公一心向著前妻子女，枉顧自己孩子的權益，夫妻一天說不上一句話。律師建議，離婚不是好方法，是解決兩人困境的一種方法。

這樣就結束了？

否則呢？

簽完字、公證完，想兩人走過多少風雨好不容易才在一起，男人感慨，女人則留給他同樣一句話：

「你對得起我的犧牲嗎？」

多嚴厲的一句話，令人朝思暮想的愛情變成沉重的壓力。說出這話固然表達自己的忍受極限，也請思考會造成對方多大的壓力。有時人會順從壓力，有時人選擇反抗壓力。

男人後來對老強說：

「我終於可以好好睡一覺了。」

謝謝你們照顧

——從今以後我過自己的日子

「我只想當個漁夫。」

日本朋友佐治來自靜岡，不過高中以後幾乎都在東京，直到大學畢業。他有位待他如兄弟的慈愛父親，永遠溫柔美麗的母親。光聽父親的姓氏便知家世不錯，姓菅原，遠溯至五世紀的貴族大姓。

一位相差四歲的妹妹，始終貼在他汽車遮光板上的照片，妹妹騎在笑得彎腰的哥哥背上。

認識是在老友川口的宴會上，北海道札幌。他們的派對很特別，老朋友相聚帶來各自的本事，像其中一位是做蕎麥麵的師傅，帶了木製面板與壓麵團的竹桿；遠在稚內做海產生意的扛了保麗龍保冰箱，裡面裝滿毛蟹；佐治帶來剛捕獲的鯡魚，宣告春天到了。

佐治還帶了酒，三種清酒與三種葡萄酒。

晚餐從生魚片、毛蟹，吃到蕎麥麵，從佐治靦腆的微笑可以看出他多開心。

川口再三介紹佐治，我大致瞭解了佐治對人生的選擇。

他高中畢業考上東京一流大學，學習院還是一橋？總之頂尖的，念經濟系。

四年內成績很好，接下來他有幾項選擇：出國深造、考研究所、進大企業、接棒經營父親的工廠。

畢業典禮當天全家聚餐，應該是西餐廳吧，我想像他父親穿著西裝，母親打扮華麗，戴著頂小圓帽，說不定垂下一角面紗，妹妹也大學了，臉頰紅通通用仰慕的眼神看著哥哥。

父親高興，喝了整整一瓶酒，上甜點時免不了問兒子對未來有何打算？佐治恭敬起身向父母鞠躬：

「謝謝照顧，從今以後我要過自己的日子了。」

父親訝異地看他：

「什麼日子？」

佐治的志願是當漁夫，之前暑期曾上船實習，因而父親以為他想上遠洋漁船之類的大船。

不，佐治存了錢，想買艘一個人能應付的小船，出海依季節捕、釣、撈。這個志願嚇了家人一跳，哪有大學畢業想當小漁夫的？佐治心意已定，在父母尚未完全反應過來之前，已經離開家到漁港租了小小船位開始新生活。

許多朋友曾經好奇問他到底發生什麼事？如果想當漁夫，念大學幹嘛？他的理由超出眾人預期，

「我生長的家庭，從祖父母到爸媽，在我出生前就想好我的未來，希望好好栽培我成為社會精英，繼承菅原家的名聲。對此，他們從未對我說過，但我小學就感覺到，個性又屬於順從型，不想違背長輩的期望。我是上了軌道的電車，自動往前開，到了終點再說。」

從他的談吐看得出祖父母、父母對他細心的教養，那是個陽光的大家族。

高中起他想當漁夫，一艘船、一個人的漁夫，他喜歡大海和天空，喜歡沒有壓力沒有期待的平凡生活。不出海的時候，躺在碼頭看偵探小說，心情好就釣釣魚，魚汛來了，抓住機會捕魚賺錢。

大家聽完幾乎都認同他的志願。佐治是嬰兒潮尾端生的，大約一九八〇年代末，不耐煩大型會社的規矩和儀式，不喜歡提著公事包在最不該坐電車的時間擠進電車。

他說如果進了工商社會，他得繼續接受期待，這樣的生活不是他想要的。

當漁夫後不久，父母專程來看他，車子停在碼頭邊等佐治的船回港，看到已曬出漁夫膚色的兒子，父親感嘆地說：

「居然真的是漁夫。」

父母多年寵愛他，此時也不會反對，他們吃著佐治烤的鮭魚，喝父親帶來的紅酒，除了父母過於正式的打扮之外，畫面其實很合家歡。

離開前父親忍不住說：

「沒想到啊！」

說不定父親表達了失望，說不定父親懊惱當初未堅持。

佐治在漁港生根，結婚、有了孩子，他是少數憑著體諒長輩、發揮耐心，擺脫其他人期待的好小子。

印象中他笑臉迎人，朋友經過漁港繞兩步路看他在不在，在的話一起曬太陽喝酒，不在，陪他養的狗聊天。他屬於自己。

他是我見過對人生最少怨言的人。

後話

——如果受夠了，就喊，我受夠了

沒人逃得開情緒，禪宗裡一則故事，小和尚問老和尚：

「師父，你老說走山路要是路窄，遇著人得讓人先過。」

老師父閉著兩眼回他：

「都剃頭當和尚了，在意別人搶在你前頭嗎？」

小和尚存心考考老和尚：

「要是前面來個人，我讓他，後面又有人追來，我也該讓他，山路窄，我往山下摔嗎？」

老和尚想了想：

「倒是個辦法。」

誰能修練到老和尚的「這個辦法」，成佛了。能讓路給迎面來的那位，我們算有禮貌，再讓路給後面追來的那位，我們升級為君子。要是為了讓前後兩位而摔下山，我們充其量算呆子。

你有情緒，我也有，不讓別人情緒到我們的情緒，得學會建立自己的原則，並且讓周圍的人知道，一來不會隨時得罪人，二來別人知道你的範圍不致於不慎觸犯你，弄得兩人不開心。

認識一位非常有個性的記者，大家叫他老夫子，長得瘦高，戴深度近視眼鏡，別人穿西裝跑市府新聞，他無論去市議會還是環保局採訪，一律T恤與牛仔褲，若見他穿襯衫打領帶，那是大禮服了，晚上八成去喝喜酒。

記者這行業有項潛規則，絕不正面糾正採訪對象，寧可回報社找足證據用筆狠狠「修理」，免得當場難堪。老夫子不來這套，他主張有話就，如果官員用屁話敷衍，其他記者聽了笑笑，他不同，追究到底。

台北市政府剛開始採用進口的環保垃圾車，號稱密封垃圾車，臭味不外洩，聽起來很衛生。其他記者照官員的說法以各自寫法抄錄成新聞，老夫子沒抄新聞，別家報社刊出密封垃圾車的新聞已四天，他才發稿。

這三天他每晚騎車跟一輛密封垃圾車，跟了三輛車，第四天上午市長例行與記者喝茶聊天、溝通，老夫子穿了襯衫打了領帶，像議員一般提出質詢：

「市長，你說新的密封垃圾車不會傳出臭味，我三天跟了三輛車，一路臭得我想戴防毒面具，你們說謊。」

市長面子掛不住，幽默地回他：

「謝謝你的意見，能提供臭味的證據嗎？」

大家偷笑時，老夫子臉上泛出笑容：

「就等市長這句話，晚上九點我去接你，坐我摩托車跟在垃圾車後面聞得最清楚。」

從此市政府從上到下沒人敢唬弄老夫子。

後來有陣子他調為編輯，拿到體育組發來的稿子，寫著XXX擊出滾地球，因野手選擇而登上一壘。他皺起眉頭揮著稿子問記者：

「你寫野手選擇，野手是哪位野手，他倒底選擇什麼？」

棒球裡的「野手選擇」簡稱FC，指打者原本該在一壘前出局，接到球的野手想先殺其他壘包的跑者，一猶豫，打者已經安全上了一壘。所以野手選擇是名詞不是動詞。

「可是選擇明明是動詞。」

四名體育記者輪翻解釋，老夫子終於搞懂：

「啊，用引號把野手選擇四個字框起來，讀者就懂它們是名詞了。」

本來體育記者譏笑老夫子不懂棒球，編什麼體育版，聽完他的引號理論，沒人笑他，老夫子三分鐘前不懂野手選擇，現在他比誰都懂野手選擇。不能笑這種人，得尊敬。

可以說老夫子有些迂腐，可以說老夫子不夠政治，沒人敢不承認他是名好記者，而且人人樂於和他打交道，不用費心機，只是有些時候說不定得花時間爭辯至他同意的合理結果罷了。

情緒勒索多來自親友，之所以成為勒索，大多情況是我們未誠實以對，不敢說出真心話，怕得罪人，怕被拒絕。像《伊尼舍林的女巫》裡的音樂家想專心做音樂，沒太多時間陪老朋友派瑞喝酒，應該先說，不然緩和地表達：只能喝一杯，我有其他事得忙。何苦徹底拒絕老友，鑽牛角尖搞得血淋淋。

也不用加上「我是為你好」的肯定句在前，把對方當成不識好歹的呆子。

並且請重新考慮該不該繼續使用以下的詞句：

「你說呢？」

「是不是，是不是。」

「不然咧？」

「到我辦公室來一下。」

「笨蛋，拿筷子的那隻手是右手。」

「拜託，要我說幾次。」

這類詞句易使對方緊張，承受莫名的壓力。

情侶之間更忌用：

「為什麼我總覺我愛你比你愛我多。」

——靠，要不要用體重機量一量。

「我討厭那個ＹＹＹ。」

——你討厭ＹＹＹ啊？你想知道我最喜歡誰嗎？

「誰叩你？又是你媽對不對？」

——叩我的是ＹＹＹ，滿意嗎？

「不喜歡男生穿短褲，不喜歡男生不刮鬍子，不喜歡男生打手遊……」

——你一定喜歡叫李蓮英的男人，他是太監，絕不穿短褲，沒鬍子可刮，而且呀，別說手遊，他連手槍也不打。

「你什麼麼意思？」

——意思？意思是**我受夠了！**

文學叢書 709

INK PUBLISHING

我受夠了

作　　者　張國立
總 編 輯　初安民
責任編輯　陳健瑜
美術編輯　黃昶憲
校　　對　孫家琦　陳佳蓉　陳健瑜　張國立

發 行 人　張書銘
出　　版　INK 印刻文學生活雜誌出版股份有限公司
新北市中和區建一路249號8樓
電話：02-22281626
傳真：02-22281598
e-mail：ink.book@msa.hinet.net
網　　址　舒讀網www.inksudu.com.tw

法律顧問　巨鼎博達法律事務所
施竣中律師
總 代 理　成陽出版股份有限公司
電話：03-3589000（代表號）
傳真：03-3556521
郵政劃撥　19785090 印刻文學生活雜誌出版股份有限公司
印　　刷　海王印刷事業股份有限公司

港澳總經銷　泛華發行代理有限公司
地　　址　香港新界將軍澳工業邨駿昌街7號2樓
電　　話　852-2798-2220
傳　　真　852-2796-5471
網　　址　www.gccd.com.hk

出版日期　2023年 6 月　初版
ISBN　978-986-387-659-5
定價　380元

國家圖書館出版品預行編目(CIP)資料

我受夠了／張國立 著.
--初版. --新北市中和區：INK印刻文學，2023. 06
面；14.8 × 21公分. --（文學叢書；709）
ISBN 978-986-387-659-5（平裝）

863.57　　112007081

舒讀網